Zeitstopper

*Eine Erzählung aus der
Gedankendimension*

Dima Zales

Aus dem Amerikanischen von
Grit Schellenberg

♠ Mozaika Publications ♠

Veröffentlicht von Mozaika Publications, einer Druckmarke von Mozaika LLC.
www.mozaikallc.com

Lektorin: Kerstin Frashier

Cover von Najla Qamber Designs
www.najlaqamberdesigns.com

e-ISBN: 978-1-63142-086-3
Print ISBN: 978-1-63142-087-0

ZEITSTOPPER

BESCHREIBUNG

Ich kann die Zeit anhalten, aber ich kann nichts verändern.

Ich kann in Gedanken eindringen, aber nicht weit genug.

Mein Name ist Mira und mein Leben dreht sich darum, den russischen Dreckskerl zu finden, der meine Familie umgebracht hat.

ERSTES KAPITEL

»Hier ist es so verräuchert, als hätte jemand eine Bombe hochgehen lassen.«

Sobald ich diesen dummen Satz gesagt habe, splitte ich in die Gedankendimension, und die Zeit scheint stehenzubleiben.

Victor hockt über seinem Stuhl, da er sich gerade hinsetzen wollte. Wenn das in der richtigen Welt genauso wäre, würden seine Beine in etwa einer Minute anfangen zu schmerzen. Jetzt allerdings fühlt er seine Muskeln genauso, wie es eine Wachsstatue tun würde. Shkillet, einer der Kerle am Pokertisch, ist genau in dem Moment eingefroren worden, in dem er meinen Körper anstarrt — ein Anblick den ich von Männern schon gewohnt bin. Die anderen Spieler sind ebenfalls in der Bewegung gefangen, die sie gerade ausführten, als ich gesplittet bin. Das

Eigenartigste in diesem Raum ist wahrscheinlich der dicke Zigarrenrauch, der sich nicht länger bewegt. Er sieht unheimlich aus, so wie eingefrorene Wolken einer fremden Welt. Jetzt rieche ich ihn auch nicht mehr, und das ist eine Erleichterung. Die Geräusche sind ebenfalls verschwunden. Das Einzige was ich höre, sind meine hohen Absätze die auf dem Boden aufkommen während ich im Raum umhergehe.

Ich schaue mir diese Männer an, diese gefährlichen Männer und eine innere Stimme sagt mir: »Mira, keine gesunde Frau würde sich freiwillig hier aufhalten. Weder um dieses Pokerspiel zu beobachten, noch um mit diesen Barbaren zu spielen.« Es ist lustig, dass sich diese innere Stimme immer anhört wie meine Mutter.

»Du bist tot, Mutter«, entgegne ich in Gedanken. »Und ich bin hier um das Arschloch zu finden, das dich umgebracht hat. Können wir keine imaginäre Unterhaltung führen, ohne dass du meckerst?«, macht sich meine innere Stimme lustig — aber eigentlich bin ich das. Es hat Spaß gemacht, meine Mutter aufzuziehen.

In der Gedankendimension kann ich sicher im Raum umhergehen und einen Blick auf die Karten meiner Gegner werfen, ohne dass diese etwas davon mitbekommen. In dieser Dimension ist alles wie in einer Momentaufnahme eingefroren. Egal was ich hier mache, in dem Moment in dem ich wieder in meinen richtigen Körper zurückkehre — dem Körper, der immer noch am Tisch sitzt — werde ich mich in genau der gleichen Situation befinden wie vor dem Splitten: Shkillet wird mich anstarren und ich werde gerade den Satz mit der Bombe ausgesprochen haben.

Ich war ein kleines Mädchen als ich herausgefunden habe, dass ich splitten konnte und dachte, meine Seele würde meinen Körper verlassen. Damals glaubte ich noch an solche Dinge wie Seelen, und Gott und Güte — Worte, die jetzt keine Bedeutung mehr für mich haben. In jenen Tagen glaubte ich an viele dumme Dinge, wie zum Beispiel daran, dass es einen Sinn des Lebens gibt.

Das tue ich nicht mehr. Nicht seit jenem Tag.

Seit jenem Tag habe ich an nichts mehr geglaubt, außer an mich selbst. Und manchmal — häufig sogar — nicht einmal daran. Das kleine Mädchen, das an die Seelen glaubte, würde mit Sicherheit denken, ich sei jemand Fremdes, würde sie mich heutzutage treffen.

Und vielleicht würde sie denken, ich sei ein Monster.

Natürlich wurden an jenem Tag nicht nur meine Kindheitsillusionen zerstört. Ich habe auch praktischere Dinge gelernt, wie zum Beispiel, dass ich machtlos bin, während ich mich in der Gedankendimension aufhalte. Völlig machtlos. Egal wie sehr ich etwas tun möchte, ich kann nichts in der realen Welt ändern. Wie ein Geist habe ich keinen Einfluss auf die Welt der Lebenden. Vielleicht bin ich an jenem Tag genau das geworden — ein Geist meines früheren Ichs.

An jenem Tag. Warum tut es jedes Mal genauso weh daran zu denken, egal wie viel Zeit seitdem vergangen ist? Warum ist es sofort wieder genauso lebendig in meinem Kopf?

Und überhaupt, warum drehen sich Gedanken immer genau um das, an das man gerade nicht denken möchte?

Ich sehe immer wieder die Bilder jenes Tages vor mir. Es ist, als würde ich eine andere Person lesen, nur, dass sich statt ihrer Erinnerungen meine eigenen immer und immer wieder abspielen.

Ich sehe mich selbst mit meinem schweren Rucksack auf den Schultern von der Schule nach Hause gehen. Ich spüre die Freude darüber, das Auto meines Vaters in unserer Einfahrt zu sehen. »Er ist noch nicht weggefahren und ich kann mich noch von ihm verabschieden«, denke ich glücklich. Dieser letzte Gedanke wird sich für immer in mein Gedächtnis einbrennen, aber das weiß ich in jenem Moment noch nicht.

Und dann sehe ich, wie das Auto explodiert.

Ich sehe, wie es in Flammen aufgeht.

Ich höre ein schreckliches Geräusch.

Danach ... Stille.

Ich öffne meine Augen.

Das Feuer ist bewegungslos.

Die Explosion hat mich derart verängstigt, dass ich in meine Gedankendimension gesplittet bin, was manchmal in extremen Stresssituationen vorkommt.

Jetzt stehe ich in dieser anderen Welt neben meinem in der Zeit eingefrorenen Ich. Sie sieht genauso verängstigt aus wie ich mich fühle. Ich weiß, dass ich nur ein Stück Haut ihres/meines Körpers berühren muss um wieder zurückzukommen — und die Explosion wird weitergehen.

Zurückzukehren wäre eine feige Entscheidung gewesen, eine Entscheidung, über die ich zu jenem Zeitpunkt nicht einmal nachgedacht habe. Später würde ich meinen Mut bereuen — oder besser gesagt meine fehlende Vorstellungskraft.

Anstatt die Gedankendimension zu verlassen, renne ich zu dem Auto.

Die Flammen sind eingefroren. Unwirklich. So als seien sie aus roter und gelber Seide.

Wie grauenvoll diese Situation wirklich ist, wird mir erst bewusst, als ich den Gesichtsausdruck meiner Mutter sehe.

Sie ist kreidebleich, zumindest die Teile ihres Gesichts, die nicht verbrannt sind. Ihre blauen Augen sind weit aufgerissen und ihre Pupillen sind so groß, dass ihre Iris schwarz zu sein scheinen.

Ich öffne die Autotür und versuche sie herauszuziehen. Ihr Körper ist steif, wie der einer lebensgroßen Puppe. Während ich unter ihrem Gewicht fast zusammenbreche, weiß ich, dass das, was ich gerade tue, sinnlos ist. Noch nie habe ich durch das, was ich in der Gedankendimension getan habe etwas in der richtigen Welt verändern können. Und trotzdem hoffe ich, dass das heute anders sein wird. Dass ich meine Mutter auch in der richtigen Welt aus dem Auto geholt haben werde — weil es mir so viel bedeutet.

Dem Universum ist es allerdings scheißegal was ich möchte.

Ich beruhige meine Gedanken und berühre meine Mutter. Ich beginne sie zu lesen, eine weiter mutige Handlung, die ich später bereuen werde. Wie immer wenn ich das tue, sehe ich die Welt mit ihren Augen. Ich verliere mich in ihrem Kopf. In dieser Minute werde ich zu „wir". Die schrecklichen letzten Momente meiner Mutter werden meine eigenen — ich beginne zu verstehen, dass wir gerade bei lebendigem Leib verbrennen.

Später werde ich darüber nachdenken, wer die Explosion verursacht hat und mich fragen, ob ich dieses Erlebnis jemals wieder aus meinem Kopf verbannen kann. In diesem Moment aber verlasse ich einfach ihren Kopf und blicke erneut in das Auto.

Das Gesicht meines Vaters weist keine Verbrennungen auf, weshalb ich später die Vermutung aufstellen werde, dass die Explosion von der Beifahrerseite ausging. Sein Mund ist halb geöffnet und sein Gesicht zu einer Maske des Schreckens verzogen. Ich nehme diese ganzen Eindrücke auf und folge einer weiteren Eingebung, die ich später bereuen werde.

Ich renne zu seiner Tür und berühre ohne über die Folgen nachzudenken sein Gesicht durch das offene Fenster. Ich weiß, was ich gerade mache. Ich hole ihn in meine Gedankendimension. Das geschieht, wenn wir einen anderen Leser berühren — und mein Vater ist ein Leser, genauso wie ich und mein Bruder.

Meine Mutter besitzt diese Fähigkeit nicht.

Sobald ich seine Haut berühre, erscheint ein weiterer Vater, ein schreiender Vater, auf der Rückbank des Autos.

»Nyyyeeet!« Immer wenn er aufgeregt ist, spricht er Russisch. Dann nimmt er meine Gegenwart wahr und schreit: »Mira, Süße, nein!« Sein Akzent ist stärker als sonst.

»Keine Angst«, beruhige ich ihn. »Wir sind in der Gedankendimension.«

»Das stimmt. Das sind wir.« Er schaut sich um und das Entsetzen auf seinem Gesicht weicht einem anderen Ausdruck. Einem dunkleren Gefühl, das ich nicht genau einschätzen kann. »Wo ist sie?«, fragt er nachdem er auf den Beifahrersitz geschaut hat.

»Ich habe sie herausgezogen. Ich habe gehofft, sie würde draußen bleiben.«

Ohne etwas zu erwidern steigt er aus dem Auto und schaut meine Mutter an. »Sie hat schon Verbrennungen.«

»Ich weiß«, sage ich ohne nachzudenken. »Ich habe sie gelesen. Sie hat starke Schmerzen.«

Als er meine Worte hört sieht mein Vater einen kurzen Moment lang so aus, als habe ich ihn geschlagen. Er hat sich allerdings schnell wieder unter Kontrolle.

»Wo hast du in der echten Welt gestanden, Süße?«, möchte er von mir wissen. »Sag es mir bitte. Schnell.«

»Dort drüben ...« Ich zeige auf die Stelle. »Zu weit entfernt, um euch helfen zu können.«

»Das ist gut.« Seine Stimme zittert, aber er hört sich erleichtert an. »Du solltest nichts von der Explosion abbekommen. Bitte schmeiß dich zu Boden und halte dir deine Ohren zu wenn du zurückkommst. Versprich mir, dass du das tun wirst. Es ist wichtig.«

»Versprochen, Papi.« Ich beginne zu verstehen, was ich ihm angetan habe. Dadurch dass ich ihn zu mir geholt habe, sieht er sich selbst in dem Auto sterben. Kann darüber nachdenken. Sich dessen bewusst werden.

»Es tut mir leid.« Meine Stimme beginnt zu zittern. »Ich hätte dich nicht zu mir holen sollen.«

»Sag das nicht.« Er lächelt mich an. Es ist eines der letzten Male, die er mich anlächelt. »Ich bin froh, dass ich die Möglichkeit habe ... die Gelegenheit mich zu verabschieden.«

Ich erinnere mich an meinen letzten Gedanken vor dem Splitten in die Gedankendimension und mir wird klar, so etwas wie ein böses Omen herbeigerufen zu haben. Ein Teil von mir weiß, dass dieser Gedanke irrational ist, aber ich fühle mich als ob dieser prophetische Gedanke an allem schuld sei. *Eine Gelegenheit um sich zu verabschieden.*

Ich blinzele so als ob ich anfangen würde zu weinen, aber es kommen keine Tränen.

»Nein.« Mein Vater nimmt mich in seine Arme. »Lass uns die Zeit, die uns bleibt, lieber damit verbringen uns an die guten Zeiten zu erinnern. Deine Tiefe reicht nur für etwa eine halbe Stunde —

nicht genug Zeit um sie mit etwas anderem als mit fröhlichen Erinnerungen zu füllen.«

Er hält mich in seinen Armen und erzählt mir Geschichten. Er ist entschlossen so lange bei mir zu bleiben, wie ich in dieser Dimension verweilen kann. So lange, bis meine Tiefe ihre Grenzen erreicht und ich hinausgedrängt werde — ohne die Möglichkeit zu haben, in der nächsten Zeit erneut zurückzukehren. Als ich mich dabei erwische, dass ich es genieße seine Geschichten zu hören und bei ihm zu sein, hasse ich mich nur noch mehr.

Später werde ich mich fragen, was für ein Miststück ich gewesen bin, diesen Moment für meinen Vater zu verlängern, aber jetzt gerade bin ich einfach nur glücklich darüber, ihn noch eine Weile bei mir zu haben. So lange wie es für mich möglich ist.

»Unsere Zeit ist fast vorbei.« Mein Vater versucht alles um fröhlich zu klingen, aber ich weiß, dass er es nicht ist. »Du hast das Richtige getan«, sagt er. »Ich bin wirklich froh, dass du mich zu dir geholt hast.«

Er lügt. Genau wie mein Bruder wiederholt mein Vater Lügen, damit sie sich überzeugender anhören.

»Einige Minuten länger zu leben, dich zu sehen, ist ein Geschenk.« Seine Augen sehen ernst aus, aber ich kann die Wahrheit erkennen. Er ist nicht froh. Er hat Angst. Er weiß, dass er aus meiner Gedankendimension fallen und in seinen eingefrorenen Körper zurückkehren wird, sobald meine Zeit abläuft.

Zurück in die Explosion.

»Es gibt nichts, was du noch für uns tun könntest, Mira«, sagt er. »Bitte pass auf deinen Bruder auf, er ist alles, was dir bleibt —«

Ich kann das Ende des Satzes nicht hören, weil meine Zeit aufgebraucht ist. Ich werde diese Begrenzung meiner Tiefe später noch hassen. Diese begrenzte Zeitspanne des Was-wäre-wenn´s.

Wenn ich doch nur für immer in der Gedankendimension verweilen könnte, dann hätten mein Vater und ich uns bis in alle Ewigkeit unterhalten können. Oder wir hätten diese Welt, in der die Zeit eingefroren ist, erkunden können. Stattdessen bin ich zurück in meinem eigenen Körper und die Explosion dröhnt so laut in meinen Ohren, dass sie sich anfühlen als müssten sie gleich bluten. Ich lasse mich zu Boden fallen, genauso wie ich es meinem Vater versprochen habe. Ich genieße den Schmerz des Aufpralls, weil er den Schmerz darüber dämpft, zu wissen keine Eltern mehr zu haben.

Mit übermenschlicher Anstrengung zwinge ich meine Gedanken in die Gegenwart zurück - zum Pokertisch und den russischen Verbrechern, von denen ich umgeben bin. Ich muss mich wirklich zusammenreißen. Ich verschwende meine Tiefe wenn aus Sekunden Minuten werden. Wenn ich meine ganze Zeit verbrauche, werde ich vorübergehend ohne meine Fähigkeiten sein — und das bedeutet, dass ich nicht mehr Lesen kann und diese Pokerspiele ehrlich absolvieren muss, also rausfliegen werde.

Ich schüttele meinen Kopf und versuche mich auf die Gegenwart zu konzentrieren, nicht mehr an Mama und Papa zu denken. Ich muss an etwas anderes denken.

Egal an was.

Um mich abzulenken denke ich darüber nach, wie eigenartig ich Gefühle in der Gedankendimension wahrnehme. Wenn ich zum Beispiel weine, wird mein Gesicht wieder trocken sein, sobald ich in die richtige Welt zurückkomme. Außerdem bin ich nicht mehr ganz so traurig. Manchmal sind die Dinge aber auch andersherum. Ich kann verängstigt sein wenn ich in die Gedankendimension splitte, aber sobald ich dort bin, bin ich viel ruhiger. Wahrscheinlich weil ich dort in Sicherheit bin. Sollten jetzt Tränen über mein Gesicht fließen, wären sie verschwunden sobald ich wieder am Tisch bin. Und eigentlich sollten gerade Tränen über mein Gesicht laufen, auch wenn sie das nicht tun. Genauso wie an jenem Tag. Dem schlimmsten in meinem Leben.

Ich muss aufhören über jenen Tag nachzudenken.

Ich versuche mir also vorzustellen, wie ich ein Gespräch mit meinem Bruder über Gefühle innerhalb und außerhalb der Gedankendimension führe. Er würde auch dieses Phänomen — wie er als Vollblutwissenschaftler es nennen würde — untersuchen wollen. Dadurch fühle ich mich irgendwie besser. Jedes Mal wenn ich an Eugene denke, hellt sich meine Dunkelheit auf, zumindest einen Moment lang.

»Ich kümmere mich um ihn. Der arme Kerl wäre ohne mich schon vor langer Zeit verhungert, Papa.« Das sage ich jedes Mal zu meinem Vater wenn ich denke, dass er mir gerade vom Himmel aus zuhört. Natürlich ist mein Vater weder im Himmel noch in der Hölle, da es sich dabei um Konstrukte handelt, die den Schmerz der Menschen über den Verlust ihrer Liebsten dämpfen sollen. Ich weiß, dass er in Wirklichkeit einfach weg ist und ihn nichts von dem, was ich sage, erreichen kann.

Und das bedeutet, dass ich damit aufhören muss über das zu grübeln, was hätte sein können. Ich muss mich auf meine Aufgabe konzentrieren.

Das Arschloch welches den Sprengstoff unter dem Auto meiner Familie deponiert hat, könnte sich gerade hier in diesem Gebäude befinden.

Ich atme tief durch und gebe mich meiner Wut und meinen gewalttätigen Fantasien darüber hin, was ich mit ihm vorhabe. Das beruhigt mich ein wenig.

»Es ist Zeit«, sage ich laut, auch wenn die gefrorenen Menschen mich natürlich nicht hören können. »Mal schauen, ob irgendjemand von euch Arschlöchern an Explosionen denkt.«

ZWEITES KAPITEL

Ich hoffe, dass der Typ nach dem ich suche, derjenige der mit Bomben handelt, sich von meinen Worten in die richtige Richtung lenken lassen und an eine spezifische Bombe denken wird. Ich bin die Erste, die zugeben muss, dass diese Taktik eher weit hergeholt ist, aber sie ist die einzige Möglichkeit die ich habe. Mit meiner Tiefe kann ich nicht mehr als fünf Minuten in ihren Erinnerungen zurückgehen.

Es ist nicht das erste Mal, dass ich die starken Leser beneide. Jene wie die legendären Erleuchteten, die stärksten aller Leser. Sie besitzen genügend Tiefe um Monate oder sogar Jahre des Lebens anderer in deren Erinnerungen erleben zu können. Diese Leser würden die Antworten direkt und ohne Umwege bekommen können, aber ich nicht. Es gibt keine Abkürzungen für Leser wie mich. Ich muss sehr vorsichtig sein, um meine erbärmliche halbe Stunde nicht aufzubrauchen, zumal die Tiefe sich beim Lesen doppelt so schnell verbraucht.

Allerdings ist in diesem Fall jede Tiefe, die ich für das Lesen benutze, gut angelegt. Ich komme zu diesen Spielen um die Wahrheit herauszufinden. Und des Geldes wegen, welches ich gewinne — aber es gibt bessere Orte an denen man durch Spielen Geld verdienen kann. Sicherere Orte.

Meine heutige Strategie ist es, nur wenige Sekunden meiner Tiefe mit Menschen zu verbringen, die meiner Meinung nach nicht in die engere Kandidatenauswahl kommen. Die Zeit, die ich dadurch spare — und selbst wenn es sich dabei nur um wenige Minuten handelt — kann ich für aussichtsreichere Kandidaten verwenden.

Eine dieser eher unwahrscheinlichen Personen ist Shkillet, der Typ der mich in der echten Welt gerade anstarrt.

Shkillet ist nicht sein wirklicher Name, sondern sein „Künstlername" für die Straße. Wahrscheinlich hat es etwas mit seinem zu dünnen, blassen Gesicht zu tun. Er sieht wie eines dieser Skelette aus, die ich aus dem Biologieunterricht kenne. Das russische Wort für Skelett hört sich fast genauso an wie das amerikanische Wort Skillet für Pfanne, nur mit einem yet am Ende. Shkillets Lispeln könnte der Grund für den Sch - Laut am Anfang sein.

Oder ich könnte auch komplett daneben liegen. Ich war ziemlich jung als wir mein Heimatland verlassen haben, weshalb ich ab und an diese kleinen ethnischen Dinge durcheinanderbringe — was meinen Bruder verrückt macht.

Ich schaue mir Shkillets Karten an. Es ist nichts dabei, das mir Sorgen machen sollte. Aber er starrt mich an — mein eingefrorenes Ich. Würde ich eine Linie von seinen Augen zu mir ziehen, würde sie genau auf ihren/meinen Brüsten landen. Brüste, die dank des Push Up BHs von Victoria's Secret nett in meinem trägerlosen Kleid präsentiert werden.

Genau das war meine Intention, aber trotzdem nervt es mich. Scheiß Männer.

Ich gehe um ihn herum und ziehe ihm sein Hemd aus.

Ich weiß, dass es einen eigenartigen Eindruck macht, dass ich jemanden in der Gedankendimension ausziehe. Besonders jemanden der so unattraktiv ist wie er. Ich habe allerdings einen guten Grund dafür: ich schaue nach Tattoos. Im Laufe meiner Nachforschungen habe ich erfahren, dass die Tattoos eines Mannes in der russischen Unterwelt eine Menge über ihn aussagen. Genauer gesagt über diejenigen, die in russischen Gefängnissen waren, aber das sind diejenigen, nach denen ich suche. Die Gefährlichsten. Diejenigen ohne Seelen.

Diejenigen, die unschuldige Familien mit Bomben umbringen würden.

Shkillet ist das, was ich klapprig-fett nenne. Sein Körper ist hager und seine Rippen stehen hervor. Gleichzeit hat er einen wabbeligen Bauch. Sein Aussehen ist mir allerdings egal. Was mich interessiert ist die Tatsache, dass er keine Tätowierung hat. Er hat allerdings ein Muttermal, welches mich an den Rorschach Test erinnert. Eine Psychologin hat ihn mir während des einzigen Males gezeigt, als ich versuchte mich in Therapie zu begeben. Der Großteil der Tintenflecke die sie mir zeigte, erinnerte mich an explodierende menschliche Gehirne — was bei meinem Grund dafür sie aufzusuchen auch verständlich ist. Das Muttermal dieses Typen sieht allerdings eher wie ein explodierendes Herz aus.

Also hatte Shkillet entweder nie in einem russischen Gefängnis eingesessen oder niemand hatte sich die Mühe gemacht ihn zu tätowieren während er sich dort aufhielt. Wie auch immer, er scheint keiner dieser Kriminellen auf hohem Niveau zu sein und deshalb wahrscheinlich auch nicht die Person, die ich suche. Ich werde nur etwa fünf Sekunden in seinem Kopf verbringen.

Ich lege meine Hand auf seinen Hals, so als würde ich seinen Puls messen wollen. Es scheint in der Gedankendimension egal zu sein wo ich Menschen berühre, also wähle ich den Ort, der mich am wenigsten anwidert. Ich versuche für das Lesen einen klaren Kopf zu bekommen. Je schneller ich an dieser Stelle bin, desto mehr Tiefe werde ich übrig haben. Eugene hat eine technisch basierte neue Übung für mich entwickelt, damit ich meine Geschwindigkeit in diesem Punkt erhöhen kann. In solchen Situationen bin ich ihm sehr dankbar dafür.

Ich spüre dieses Gefühl, welches mich kurz vor dem Lesen überkommt, und stelle sicher, dass ich mich nur in die letzten Momente seiner Erinnerungen begebe.

* * *

»Hier ist es so verräuchert, als hätte jemand eine Bombe hochgehen lassen«, sagt das Mädchen.

Wir überlegen einen Moment lang ihr mit: »Die Sexbombe spricht über eine echte Bombe« zu antworten, aber tun es dann doch nicht. Nicht bis wir eine Antwort von Viktor haben. Dieser Kerl ist verrückt und wenn ihn jemand verärgert, kann das tödlich für denjenigen enden.

Deshalb wird uns klar, dass wir ihr die Kehle durchschneiden müssen, sollten wir unseren Plan durchführen. Würden wir sie einfach nur ficken wollen, hätten wir wahrscheinlich damit durchkommen können, das Mädchen hinterher am Leben zu lassen — an diesem Ort gibt es keine Regeln, die Vergewaltigungen verbieten. Aber ich möchte außerdem ihr Geld, und deshalb wird sie sterben müssen. Es gibt nur eine Regel in den Untergrundkasinos von Viktor: Es ist verboten, Rache für verlorenes Geld zu nehmen oder es sich zurückzuholen. Wir erinnern uns erschaudernd daran, was mit dem letzten Typen passiert ist, der versucht hat sich das Geld eines Pokergewinners zu schnappen. Wir müssen sichergehen, dass wir nicht erwischt werden.

Wir denken an die ganzen Sachen die wir mit ihr anstellen möchten bevor wir sie umbringen, und unser Geschlecht versteift sich schon fast schmerzhaft. Wir stellen uns vor, wie wir ihren so einladenden Schmollmund füllen werden. Wir sehen diese perfekten kleinen Titten vor uns, wir hinterlassen Spuren auf ihrer Haut und zwingen diese langen Beine sich zu öffnen ... Unsere Hoden ziehen sich voller Vorfreude zusammen.

Dieses Mal wird noch besser als das letzte Mal werden. Diese Schlampe von vor zwei Tagen kommt nicht ansatzweise an dieses Mädchen ran. Außerdem hat die sich nicht einmal gewehrt, sondern es einfach nur lammfromm hingenommen. Der Kampf als solcher ist für uns im Laufe der Zeit die Hälfte des Spaßes geworden. Wenn sie sich wehren und wir sie letztendlich unserem Willen unterwerfen, durchfährt uns ein Machtgefühl, das fast so gut ist wie der Sex selbst. Mit diesem Mädchen wird es noch besser werden, weil gesagt wird, sie sei eine Kämpferin. Die sarkastischen Bemerkungen, die sie das ganze Spiel über hat fallen lassen bestätigen diese Gerüchte. Wahrscheinlich wird sie kämpfen, und zwar gut kämpfen. Wir fantasieren darüber, wie sie unseren Rücken mit ihren perfekt manikürten Fingernägeln zerkratzt bevor wir ihre Handgelenke mit eisernem Griff festhalten.

Ich, Mira, trenne mich entsetzt und angeekelt von Shkillets Gedanken. Ich muss duschen. Ein dutzend Mal mindestens. Ich bin immer noch in seinem Kopf, aber ich kann über das, was ich gerade erfahren habe, nachdenken, ohne ihn vollständig zu verlassen. Meine eigenen Gedanken von den seinen zu trennen erlaubt mir, meinem Gehirn weitere, widerwärtige Details darüber, was er mit mir vorhat, zu ersparen. Die Erinnerungen daran, was er dem armen Mädchen angetan hat, das er vor zwei Tagen vergewaltigt hat, waren schlimm genug. Ich bin mir zwar nicht sicher, ob er sie danach umgebracht hat, aber ich weiß, dass er plant mich zu töten.

Dieser neuen Umstände wegen tauche ich tiefer in seine Gedanken ein. Ich muss herausfinden ob er bewaffnet ist und ob es weitere Dinge gibt, die ich besser wissen sollte.

Wir schauen auf unsere Karten. Ein Scheiß Paar. Zwei weitere solcher Runden und wir werden komplett blank sein. Aber nicht für lange, erinnern wir uns selbst und spüren das Gewicht des Keramikmessers in dem Holster unseres Stiefels.

Es wird das Beste sein, es schnell hinter uns zu bringen. Es muss hier auf dem Grundstück des Klubs geschehen, bevor die Schlampe die Gelegenheit bekommt in ihr Auto zu gelangen.

Victor wird ausrasten, wenn sie die Leiche finden. Aber er wird niemals Shkillet verdächtigen. Nicht respektiert zu werden hat auch seine Vorteile — die Menschen unterschätzen uns, und deshalb kommen wir mit allem durch.

Ich, Mira, trenne mich wieder von ihm und denke schnell nach. Er hat es geschafft ein Keramikmesser hereinzuschmuggeln. Ich nehme an, dass das

Material den Metalldetektor nicht auslöst, mit dem die Rausschmeißer jeden am Eingang kontrollieren.

Verdammt. Das ändert meine Strategie von Grund auf. Ich muss sichergehen noch genügend Tiefe zu besitzen um mit dieser Entwicklung der Dinge zurechtzukommen. Falls sich einer der Männer hier befindet, die ich eigentlich suche, ist heute sein Glückstag. Ich kann ihre widerwärtigen Köpfe heute nicht mehr lesen.

Nur noch Victors. Seit Monaten warte ich darauf ihn persönlich zu treffen, weil er, nachdem was man von ihm hört, immer der wahrscheinlichste Kandidat zu sein schien. Ich kann mir diese Gelegenheit auf gar keinen Fall entgehen lassen.

Während ich einen Plan entwickle, verlasse ich Shkillets Kopf.

* * *

Ich bleibe in der Gedankendimension, gehe zu Victor und reiße ihm ohne Umschweife das Hemd vom Körper. Als ich das tue, bemerke ich das Paar Asse welches vor ihm auf dem Tisch liegt.

Und seine Tätowierungen.

Ja, Victor war in russischen Gefängnissen — er ist ein Zek, wie diese Personen genannt werden. Russische Tätowierungen faszinieren mich. Wahrscheinlich weil mein Vater eine hatte. Er hat kurzzeitig mit einer Gruppe Wissenschaftler hinter Gittern gesessen, die Einwände gegen atomares Wettrüsten während des kalten Krieges hatten. Seine

Fähigkeit zu lesen hat ihm das Leben gerettet, und er konnte nach wenigen Monaten das Gefängnis verlassen. Wegen dieser höllischen Erfahrung wollte er die Sowjetunion unbedingt verlassen, musste aber jahrelang warten, um das tun zu können. Zu diesem Zeitpunkt war aus der Sowjetunion zwar schon Russland geworden, aber trotzdem sagte mein Vater über das neue Regime immer: »Nichts hat sich verändert — an der Macht ist immer noch der KGB«.

Ich versuche mir Victors Tätowierungen einzuprägen. Die einzigen deren Bedeutung ich kenne sind die Sterne auf seinen Schultern. *Vor v zakone.* Wörtlich übersetzt bedeutet es „ein verurteilter Dieb", aber in Wirklichkeit bedeutet es, dass er eine kriminelle Autorität ist.

Ich untersuche ihn näher. Niemals zuvor habe ich seine Tätowierung mit dem zweiköpfigen Adler gesehen, auch wenn ich glaube, dass das Emblem der Regierung damals im zaristischen Russland genauso aussah. Auch die über den Adler tätowierte Freiheitsstatue hilft mir nicht weiter. Vielleicht hasst Victor die Sowjetunion und belebt die vorrevolutionären ruhmreichen Tage mit diesem Motiv? Zusammen mit einem amerikanischen Symbol, könnte es vielleicht sein, dass er den Kommunismus nicht mag? Diese Theorie wird dadurch verstärkt, dass mir auffällt, wie viele seiner Bilder aus den Zeiten seines Gefängnisaufenthalts antiautoritär sind.

Ich bemerke außerdem, dass Victor sehr muskulös ist. Wie könnte es mir auch nicht auffallen? Trotz allem bin ich nur ein Mensch. Er hat den Körperbau eines Schwimmers, inklusive des perfekten Sixpacks.

Hör auf eine Gefahrenschlampe zu sein, Mira, ermahne ich mich selbst. *Wie kannst du nach dem, was du in Shkillets Kopf gesehen hast überhaupt darüber nachdenken, wie Victor gebaut ist?*

Oder was viel wichtiger ist, nachdem was du über ihn gehört hast. Diese Tendenz, mich von Monstern angezogen zu fühlen ist etwas, das ich an mir selber hasse.

Deshalb beschließe ich, dass es jetzt reicht. Ich muss Victor lesen und dann so schnell wie möglich von hier verschwinden. Ich habe erst die Hälfte meiner Tiefe verbraucht und der Rest muss genügen.

Ich lege meinen Arm auf seine gemeißelte Brust, genau auf das entspannte Gesicht der Freiheitsstatue. Als ich den Körperkontakt hergestellt habe, konzentriere ich mich.

Ich gehe weit genug zurück um zu sehen, was er gemacht hat bevor er in diesen Raum kam. Wenn ich Glück habe, hat er gerade darüber nachgedacht, ein Auto in die Luft zu sprengen. Sollte das der Fall sein, wäre Shkillet nicht die einzige Person, mit der ich fertig werden muss...

* * *

Wir befinden uns in Vera. Sie stöhnt leise. Sie hat sich so vor uns gebeugt wie wir es mögen, sie gibt einen guten Blick auf ihren nackten Körper frei. Er ist sehnig und muskulös. In einer perfekten Welt mögen wir unsere Frau ein wenig kurviger, aber sie hat etwas an sich, das wir attraktiv genug finden, um diese Tatsache zu übersehen. Unsere vorherige Eroberung hatte schöne Fettpölsterchen aber wusste unsere Interessen leider nicht zu schätzen. Sie hat sich stattdessen für eine Überdosis entschieden während wir uns um das Geschäft gekümmert haben. Frauen.

Was Vera betrifft stört es uns, dass sie nicht kurvig ist und dass sie diese Tätowierung auf ihrem unteren Rücken hat. Eine Maria die das Jesusbaby hält. Wenn wir jemanden a tergo nehmen, wollen wir kein religiöses Symbol betrachten, welches uns dabei ins Gesicht starrt. Ganz besonders dann nicht, wenn die Maria so wunderschön ist wie Vera. Wahrscheinlich wollte der Tätowierer alle aus dem Konzept bringen, mit denen Vera in ihrer Zukunft jemals Sex haben würde — und das ist eine große Anzahl von Männern. Oder, was genauso gut zutreffen könnte, die Schlampe hat diesen Effekt ihrer Tätowierung selbst gewollt.

Je tiefer unsere Stöße werden, desto lauter stöhnt sie und wir nähern uns unserem Höhepunkt. Um dieses Gefühl zu verlängern lenken wir unsere Gedanken weg vom Sex hin zu unwichtigen Dingen wie die Vertiefungen über ihrem Po.

Leider erregen sie uns.

Also versuchen wir uns auf den kleinen Leberfleck auf ihrem rechten Schulterblatt zu konzentrieren. Das funktioniert eine Weile, bis wir bemerken, dass ihre Haut von einem Schweißfilm überzogen ist. Glatte, glänzende Haut. Scheiße. Wir heben unseren Kopf und starren die kahlen Wände des VIP Raums an.

Ich, Mira, löse mich von ihm, wenn auch widerstrebend. Das ist das erste Mal, dass ich in einem Mann bin der Sex mit einer Frau hat, und es ist ... heiß. Es ist nicht so wie sie zu lesen, wenn sie Sex mit mir haben. Aber ich befinde mich hier nicht gerade auf einem hedonistischen Urlaubstrip. Jeder Moment, den ich damit verbringe dabei zuzuschauen, ist ein doppelter Moment der Tiefe die ich verbrauche — so funktioniert das Lesen nun einmal. Eugene erklärt das damit, dass wir unsere Zeit mit dem Opfer teilen müssen. Ich nehme an das bedeutet, dass auf einem bestimmten Niveau jeder in die Gedankendimension gelangen kann, wenn er berührt wird. Allerdings werden die Nicht-Leser gerade weit genug hineingezogen, um von uns gelesen werden zu können.

Ich spule Victors Erinnerungen einige Minuten lang vor.

Wir nähern uns dem Tisch und bemerken das Mädchen. Sie ist das Wunderkind über das wir schon so viel gehört haben. Sie ist die einzige weibliche Katala die wir jemals getroffen haben — auch wenn wir um ehrlich zu sein die meisten dieser Kartenhaie während unserer Zeit in der rein männlichen Gulag Gang kennengelernt haben.

Wir schauen es an, dieses Mädchen, das in unserem Klub so viele Spieler ausgenommen hat. Sie hat die Wangenknochen und die Nase des russischen Adels. Einer ihrer Vorfahren muss die Oktoberrevolution von 1917 überlebt haben. Ihre Gesichtszüge sind leicht scharf und sie hat eine würdevolle Ausstrahlung. Es ist das Gegenteil von dem Matroschka-artigen runden Gesicht von jemandem wie Vera, die wie die Tochter eines durchschnittlichen russischen Bauern aussieht — und es wahrscheinlich auch ist.

Mit ihren großen blauen Augen und ihrem dunklen welligen Haar erinnert sie uns an die neuesten Bilder unserer Tochter. Allerdings sieht Nadia viel unschuldiger aus als dieses Mädchen hier, denken wir mit einer Mischung aus Sehnsucht und Stolz. Nadias Unschuld zu beschützen ist auch der Grund dafür, dass wir vor all diesen Jahren das Opfer erbracht haben, nicht Teil ihres Lebens zu sein. Wahrscheinlich weiß sie nicht einmal wer wir sind, also gibt es auch keinen Grund, weiter darüber nachzudenken. Und selbst wenn sie es wissen sollte würde das nichts ändern, da sie in Russland ist und wir nicht dorthin zurückkehren können.

»Hier ist es so verräuchert, als hätte jemand eine Bombe hochgehen lassen«, sagt das Mädchen welches uns an unsere Tochter erinnert.

Bei dem Wort „Bombe" erinnern wir uns an den Tag in Chechnya, an dem wir zwei unserer besten

Kameraden verloren haben. Unsere Herzfrequenz steigt an, aber wir schaffen es uns zu beruhigen. Dieses Mädchen ist nur eine verwöhnte amerikanische Prinzessin. Das passiert mit allen Kindern die hierherkommen. Ihre Majestät hat wahrscheinlich erwartet, dass auch in dieser Spielhölle die Nichtrauchergesetze New Yorks gelten würden.

Ich, Mira, trenne mich von Victors Gedanken und bin ein wenig enttäuscht. Die Tatsache, dass meine Worte ihn an ein Erlebnis in Chechnya denken lassen, welches er vor langer Zeit gehabt haben muss, lässt die Wahrscheinlichkeit dafür sinken, dass er derjenige ist, den ich suche. Zumal er eine Abneigung gegen Explosionen zu haben scheint — so als habe er eine posttraumatische Belastungsstörung. Natürlich bin ich mir nicht sicher, dass er nichts damit zu tun hat, aber es reicht, um ihn vorläufig zu entlasten. Ich habe schon Personen von meiner Verdächtigenliste gestrichen die weniger glaubwürdige Beweise lieferten.

Als ich das entschieden habe verlasse ich seinen Kopf.

* * *

Ich bin zurück in dem stillen Raum. Ich werde keine weiteren Erinnerungen lesen. Ich spare lieber etwas von meiner Tiefe auf. Es gibt immer noch zwei Dinge, die ich tun muss.

Zuerst muss ich einen Blick auf die Karten der restlichen Mitspieler werfen. Sobald ich das Ergebnis der nächsten Spielrunde weiß, widme ich mich der zweiten Angelegenheit und renne aus dem Raum. Ich gehe schnell den Flur entlang um zur nächstgelegenen Toilette zu gelangen. Dort schaue ich nach, ob etwas sich immer noch an seinem Platz befindet — ein Objekt, das mir die Möglichkeit geben wird, mit Shkillet fertig zu werden. Jetzt bin ich ein wenig ruhiger. Ich bin froh, mir die Zeit genommen zu haben diesen Klub während eines früheren Aufenthalts in der Gedankendimension erkundet zu haben. Ansonsten wüsste ich nicht, was sich alles in seinen Winkeln und Ecken versteckt.

Ich renne zurück und gehe zu meinem Körper. Ich finde es jedes Mal komisch mich so zu sehen, in der Lage zu sein, mich aus allen Blickwinkeln zu betrachten. Im Teenageralter hatte es meine Unsicherheiten verstärkt. Normale Mädchen machen sich mit einem Spiegel verrückt, aber Leser haben es viel schwerer. Ich erinnere mich daran, wie deprimiert ich kurz nach meinem fünfzehnten Geburtstag über die Form meines Rückens und meiner Fesseln war. Nach dem Tod meiner Eltern habe ich natürlich nie wieder über diesen ganzen Scheiß nachgedacht.

Ich bereite mich darauf vor die Gedankendimension zu verlassen und lege meine Hand auf das Gesicht meines eingefrorenen Ichs.

Augenblicklich bin ich zurück in meinem Körper.

Die Geräusche sind wieder da, genauso wie der Gestank nach Rauch. Victor vollendet die Bewegung, um sich in seinen Stuhl zu setzen. Der Dealer beendet die Ausgabe der Karten. Shkillet hört damit auf, mich anzustarren und schaut verstohlen zu Victor um zu sehen, wie er auf meine eigenartige Aussage reagiert.

»Was sagst du da?«, will ein glatzköpfiger Typ wissen, der eine Zigarre raucht. »Wenn jemand eine Bombe hier hereinbringen würde, würde Victor sie diesem Yebanat in den Arsch schieben.«

DRITTES KAPITEL

Die nächsten zwei Pokerrunden verlaufen wie vorhergesehen. Da ich weiß welche Karten jeder Spieler in der Hand hält und welche als nächste ausgegeben werden, gewinne ich die, die ich kann. Während ich spiele, sehe ich, dass Victor sich immer mehr amüsiert. Ich bin mir nicht sicher ob es ihn belustigt dass ich gewinne oder wie die Männer darauf reagieren. Sie trauen sich nicht, mich ihren Unmut spüren zu lassen, aber als ich einen verstohlenen Blick auf Shkillet werfe, kann ich sehen, dass er seine Wut kaum verheimlichen kann. Heute gewinne ich extra mehr als normalerweise. Vor zwei Runden habe ich sogar Shkillets Bluff aufgedeckt — einen Bluff der wahrscheinlich funktioniert hätte, wenn ich nicht lesen könnte.

Da ich kaum noch etwas meiner Tiefe übrig habe, beschließe ich, dass es an der Zeit ist, von hier zu verschwinden - Bevor ich hier nicht mehr willkommen bin sozusagen.

»Meine Herren.« Ich stehe auf. »Es war mir ein Vergnügen.«

»Ein Vergnügen unser Geld zu nehmen, meinst du?« Victor hört sich erstaunlicherweise nicht verärgert an. Eher so, als würde er sich über mich lustig machen.

»Genau das, und es freut mich endlich ein Gesicht zu dem Namen zu haben ... Victor.« Vielleicht hat sich das etwas zu sehr nach flirten angehört, aber zum Teufel, ich bin gerade zu angespannt für Feinheiten. Als ich meinen Kram zusammenpacke, sehe ich, dass Shkillet unruhig wird. Ich kann sehen, dass er auch gleich gehen wird. Er ist entschlossen, seinen Plan in die Tat umzusetzen.

Ich packe meine Gewinne in meine Tasche und gehe langsam nach draußen. Ich möchte kein Misstrauen erregen.

Ich weiß, dass ich lieber rennen sollte sobald ich mich in der Eingangshalle befinde, anstatt ihn zu konfrontieren, was weitaus gefährlicher ist. Aber das tue ich nicht. Das wäre so, als würde ich Shkillet in der letzten Pokerrunde gewinnen lassen — etwas anderes, das ich hätte tun können, aber nicht wollte. Er hat eine Lektion verdient und ich werde es genießen, sie ihm zu erteilen. Vielleicht werde ich durch ihn endlich die Gelegenheit dazu bekommen herauszufinden, ob ich in der Lage bin, das zu tun, was zum gegebenen Zeitpunkt getan werden muss. Mein Bruder denkt, dass ich niemanden umbringen kann. Er meint das als Kompliment, aber so fasse ich es nicht auf. Heute Nacht wette ich um mein Leben, dass mein Bruder falsch liegt.

Als ich an der Tür zu den Toiletten ankomme, hat Shkillet den Spielsaal noch nicht verlassen. Aus meiner Tasche nehme ich eine Schachtel Marlboro und ein Feuerzeug. Eigentlich rauche ich nicht wirklich, aber so zu tun als würde ich rauchen ist manchmal praktisch. Ein Mädchen mit einer Zigarette in der Hand zu sein ist ein guter Eisbrecher in einem Raum voller Männer. Ich nehme an, dass ich eine Art Gesellschaftsraucher bin. Im Gegensatz zu anderen hasse ich allerdings jedes Einatmen. Manchmal kann ich beim Rauchen fast spüren wie das Zeug meine Lungen und Zähne gelb und ekelerregend macht.

Als ich dieses widerliche Ding in meinen Mund stecke, öffnet sich die Tür zum Spielsaal. Ich zünde die Zigarette an, inhaliere und versuche nicht zu husten, während ich die Tür im Auge behalte. Shkillet steht vor ihr, und wir stellen einen kurzen Augenkontakt her bevor ich den Rauch ausatme.

Als ich den Köder ausgelegt habe, gehe ich in die Toilettenräume.

Ich schließe die schwache Tür hinter mir und hänge meine Tasche über den kleinen Haken damit ich beide Hände frei habe. Danach renne ich so schnell zur Toilette, wie es der rutschige Boden und meine Absätze zulassen.

Der Toilettendeckel ist nach oben geklappt und mein Blick fällt auf ekelhaftes Zeug in der Schüssel, als ich meine mittlerweile nutzlose Zigarette dort hineinwerfe. Wäre es wirklich so schwer gewesen diese Scheiße wegzuspülen? Der Anblick und der Geruch erinnern mich an einen Alptraum den ich einige Male über ein schmutziges Bad hatte. Und diese Realität könnte schlimmer als mein Alptraum werden, wenn ich mich nicht beeile.

Ich greife nach dem Spülkasten als ich höre, wie jemand das Türschloss knackt.

Scheiße. Er ist schneller als ich gedacht habe. Er muss wie ein Verrückter die Eingangshalle durchquert haben.

Ich hebe hektisch den schweren Deckel des Spülkastens hoch ... genau in dem Moment, in dem das Türschloss nachgibt.

»Was zum Teufel?«, sagt Shkillet auf Russisch als er hineinkommt und mich mit dem Deckel in der Hand sieht.

Gut. Das hat er nicht erwartet. Und ich verstärke seine Überraschung, indem ich den Deckel mit meiner ganzen Kraft gegen seinen Kopf werfe.

Er kann sich nicht schnell genug ducken.

Als er mit einem Keuchen nach hinten stolpert, drehe ich mich herum und schnappe mir die Waffe, die sich in einer Plastiktüte eingewickelt in dem Kasten befindet. Ich habe sie auf einem meiner früheren Ausflüge in der Gedankendimension entdeckt. Ich reiße gerade die Tüte auf als jemand meinen linken Arm festhält.

Es ist Shkillet.

Seine Finger graben sich wie Greifzangen in mein Fleisch.

Ich splitte in die Gedankendimension um meine Lage zu analysieren.

Das Geräusch seines schweren Atmens ist weg und ich betrachte uns aus meinem neuen Blickwinkel.

Eine seiner Hände liegt auf meinem Arm während die andere nach dem Stiefel greift in dem er das Keramikmesser versteckt hat. Seine Augenbraue ist aufgeplatzt — ich muss ihn dort getroffen haben. Sein Gesicht sieht durch das Blut, das aus der Wunde läuft, makaber aus.

Ich untersuche den Beutel den ich in meinen Händen halte. Ich habe ihn fast geöffnet, aber ich bin mir nicht sicher, dass ich die Waffe herausholen kann bevor er sein Messer hervorziehen und es benutzen wird. Aber ich kann etwas anderes tun wenn ich gut ziele.

Ich schaue auf mein statuenhaftes Gesicht, das vor Angst wie gelähmt ist. Ich werde versuchen ruhiger zu sein wenn ich in meinen Kopf zurückkehre. Ruhiger und tödlich.

Ich greife nach meiner Hand, springe aus der Gedankendimension und zwinge meine Muskeln verzweifelt zu funktionieren. Wie in Zeitlupe treten meine Beine nach hinten und zielen auf sein Schienbein. Mein Fuß trifft etwas.

»Schlampe!« Er fällt auf seine Knie. Ich muss sein Bein verletzt haben.

In der Zeit, die ich mir durch den Tritt verschafft habe, hole ich die Pistole hervor. Als ich mich schnell umdrehe, sehe ich, dass er das Messer bereits in seiner Hand hält.

Er holt aus und das Messer saust nur wenige Zentimeter von meinem Bein entfernt durch die Luft.

Ich springe instinktiv zur Seite und schlage ihm den Griff meiner Waffe ins Gesicht. Er kommt mit einem widerlichen Knacken auf seiner Nase auf.

Einen Moment lang sieht er wie gelähmt aus und ich schlage erneut zu, diesmal ziele ich auf sein Kinn.

Er versucht mich zu fassen, also schlage ich ihn auf den Hinterkopf.

Er sackt zusammen — sein Kopf landet direkt in der widerlichen Toilettenschüssel.

Geschieht dem Arschloch recht. Jetzt wird er ertrinken.

Ich sollte glücklich sein, aber aus einem unerklärlichen Grund überkommt mich das Bedürfnis ihn wegzutreten, sein Gesicht aus der Toilette zu holen. Möchte ich wirklich sein Leben retten?

Ich schaue ihn mir näher an. Sein Mund und seine Nase befinden sich außerhalb des Wassers, also wird er nicht in diesem Dreck ersticken.

Eigentlich ist es lustig. Eben wollte ich ihn noch retten und jetzt bin ich ein wenig enttäuscht. Meine rationale Seite weiß, dass ich ihn nicht am Leben lassen kann. Also löse ich die Sicherung der Waffe und ziele auf den Hinterkopf meines potentiellen Vergewaltigers und Mörders.

Genau so.

Jetzt muss ich nur noch abdrücken.

Zittert meine Hand gerade wirklich? Was stimmt nicht mit mir?

Dieser Mann hat es verdient zu sterben. Vielleicht nicht so sehr wie die Mörder meiner Eltern, aber er hat es verdient. Und wenn ich ihn nicht töte, wird er wahrscheinlich hinter mir her sein. Also wäre es quasi Selbstverteidigung, würde ich ihn umbringen. Oder ein Präventivschlag, sollte ich meine Tat rechtfertigen müssen.

Und das muss ich offensichtlich — zumindest vor mir selber. Ich kann einfach nicht abdrücken, wofür mir auch viele Gründe einfallen. Wie: *er könnte zu ängstlich sein um mich zu verfolgen.* Oder: *das könnte das erste Mal sein, dass er versucht jemanden umzubringen.* Und sogar: *dieses Erlebnis könnte ihn völlig verändern.* Ja, bestimmt. Ich klammere mich an Strohhalme um mich vor mir selbst zu rechtfertigen, auch wenn die Wahrheit offensichtlich ist: Eugene hatte Recht.

Es ist nicht leicht jemanden umzubringen — nicht einmal eine schlechte Person.

»Ist jemand auf der Toilette?«, fragt eine Stimme von draußen.

Scheiße.

Ich eile zur Tür und öffne sie einen Spalt breit.

»Hallo«, antworte ich dem Kerl der davor steht. Er sieht aus als sei er einer der Rausschmeißer. »Ich frische gerade mein Makeup auf und danach muss ich mich umziehen. Könnten Sie bitte die Toilette oben benutzen?«

Der Mann murmelt etwas Abfälliges über Frauen, aber er entfernt sich. Um kein Risiko einzugehen, splitte ich erneut und lese eine Sekunde lang seine Gedanken. Er geht nach oben — das ist gut. Das schlechte ist, dass er in Gedanken eine ganz spezielle Frau verflucht, mich, und nicht Frauen generell oder eine der wenigen anderen Frauen die ab und an hier sind, wie Vera — Victors Sexpuppe aus dem benachbarten VIP Raum.

Ich denke, das nimmt mir meine Entscheidung ab. Ich kann Shkillet jetzt nicht erschießen. Der Rausschmeißer wird wissen, dass ich diejenige bin, die ihn umgebracht hat, auch wenn ich renne sobald ich den Schuss abgefeuert habe. Ich bin nicht scharf darauf herauszufinden wie Victor darauf reagiert, wenn jemand an diesem Ort umgebracht wird.

Ich könnte allerdings immer noch Shkillets Kopf so lange unter Wasser halten bis er ertrinkt. Auf diese Weise würde niemand gleich angelaufen kommen und ich könnte abhauen. Außerdem würde der Rausschmeißer nicht unausweichlich denken, dass ich es getan habe — ich bin mir sicher, dass er schon mehr als einen Betrunkenen in Shkillets Lage gesehen hat.

Die größere Frage ist allerdings, ob ich es wirklich tun könnte ... da ich ja nicht einmal abfeuern konnte.

Verdammt. Ich hasse es, dass Eugene Recht hat und heute nicht der Tag ist, an dem ich mich mir gegenüber beweisen kann.

Ich stopfe die Pistole in meine Tasche und gehe Richtung Ausgang. Die ganze Zeit über habe ich Angst, jemand könnte die Größe meiner Tasche bemerken. Zum Glück hält mich niemand auf. Das macht Sinn, da man in der Regel Personen auf dem Weg hinein misstraut, nicht heraus. Und außerdem: welcher männliche Rausschmeißer sollte schon auf meine Tasche anstatt auf meine Kurven achten?

Ich kann trotzdem erst wieder normal atmen als ich in meinem Auto ankomme und die Waffe ins Handschuhfach lege. Selbst wenn ich sie nicht brauche, wollte ich sie trotzdem nicht Shkillet dalassen. Er könnte wieder zu Bewusstsein gelangen und mich verfolgen. Ich mag zwar kein kaltblütiger Mörder sein, aber ich bin trotzdem nicht doof.

Die Rückfahrt nach Hause verbringe ich in einem Nach-Adrenalinschub-Nebel, für den ich sehr dankbar bin. Ich möchte nicht über das nachdenken, was gerade passiert ist. Ich möchte einfach nur nach Hause kommen und mich entspannen.

Als ich in dem Apartment ankomme, das ich mit Eugene teile, ziehe ich meine High Heels aus und gehe auf Zehenspitzen in mein Zimmer. Auf dem Weg dorthin steige ich über den ganzen Müll der im Wohnzimmer liegt. Nicht zum ersten Mal nehme ich mir vor aufzuräumen, aber so wie es aussieht, werde ich es nicht heute Nacht tun. Ich schließe meine Zimmertür und bin mehr als dankbar dafür meinen

Bruder nicht aufgeweckt zu haben. Ich vergesse meinen Plan mindestens ein Dutzend Mal zu duschen, lege mich in mein Bett und bin sofort weg.

Mein Schlaf wird durch einen immer wiederkehrenden Alptraum unterbrochen — ein Skelett welches versucht mich zu erwürgen.

VIERTES KAPITEL

»Mira, bist du das?«

Mein Bruder hat diese nervige Angewohnheit mit mir zu reden wenn er den Mund gerade voll hat oder wenn ich gerade, so wie jetzt, unter einem warmen Wasserstrahl stehe und versuche mich zu entspannen.

»Nein, Eugene, ich bin ein Scheiß Fremder der gerade unsere Dusche benutzt!« Ich unterstreiche das Gesagte indem ich die Schiebetür zuknalle.

»Danke dafür das S-Wort benutzt zu haben — jetzt weiß ich, dass du es bist!« Er schlägt gegen die Badezimmertür. »Komm in die Küche wenn du fertig bist.«

Ich wünsche mir, ich hätte die letzte Nacht geschlafen anstatt zu pokern. Aber das bisschen Schlaf, das ich noch bekommen habe, sollte mich durch den Tag bringen und auch die Dusche wirkt Wunder.

Ich ziehe Jeans und ein T-Shirt an und gehe in die Küche. Meine Neugier ist geweckt weil ich Essen rieche — das ist eigenartig weil ich denke, dass außer Eugene niemand hier ist. Allerdings rieche ich Essen und das bedeutet, dass Eugene gekocht haben muss.

»Happy Birthday to you«, singt mein Bruder als ich die Küche betrete. Happy Birthday to you —«

»Eugene, bitte hör auf. Meine Ohren fangen gleich an zu bluten.« Mit diesem Scherz möchte ich von der Tatsache ablenken, dass ich meinen Geburtstag völlig vergessen habe. Bei allem was passiert ist, habe ich überhaupt nicht an ihn gedacht.

»Ich habe Pfannkuchen gemacht.« Er stellt einen Teller vor mich als ich mich hinsetze. »Achtzehn. Einen für jedes Jahr.«

»Diese bräunlichen Lappen sollen Pfannkuchen sein?« Ich blicke ihn fragend an. »Sollten es nicht eigentlich Kerzen sein?«

»Tata!« Er zwinkert und streckt die Hand nach vorne, die er bis jetzt hinter seinem Rücken verborgen hatte. Zum Vorschein kommt ein kleiner Kuchen mit einer brennenden Kerze. Ein kleiner Erdbeer-Vanille Kuchen von der örtlichen italienischen Bäckerei die ich so gerne mag. Es ist ein Wunder, dass er sich seine Klamotten nicht verbrannt hat, so lange wie er die brennende Kerze hinter seinem Rücken versteckt hatte.

»Dankeschön.« Ich nehme ihm den Kuchen ab und stelle ihn auf den Tisch. »Und danke, dass du zu diesem besonderen Anlass einen sauberen Kittel trägst.«

»Gern geschehen.« Er benimmt sich als habe er meine Stichelei über seinen Kittel nicht gehört. »Wünsch dir was.«

Ein Wunsch. Plötzlich zieht sich mein Herz zusammen. Keiner meiner Wünsche ist unbeschwert. Keiner ist normal. Ein normales Mädchen würde sich wünschen einen netten Mann zu treffen, jemanden mit dem man Spaß haben kann und der gut aussieht. Aber ich nicht. Ich wünsche mir, ich könnte den Mörder meiner Eltern finden und denjenigen, der ihn beauftragt hat. Und natürlich auch, den Willen und die Stärke aufzubringen diese Personen zu töten.

»Stimmt irgendetwas nicht?«, möchte Eugene wissen.

»Nein, alles in Ordnung«, lüge ich und glätte meine Stirn. »Es ist nur eine dumme Kleinigkeit.«

»Du wünschst dir, dass sie hier wären und dir zum Geburtstag gratulieren könnten?«, fragt er leise auf Russisch.

Ich nicke. Es hat keinen Sinn es in Worte fassen zu wollen. Genauso wie es keinen Sinn hat, es sich zu wünschen.

Wir schweigen und ich steche meine Gabel in den ersten meiner achtzehn Pfannkuchen um einen Bissen zu essen.

Einen Bissen, den ich am liebsten sofort wieder ausspucken möchte.

»Eugene ...« Ich versuchen den matschigen halbgaren Klumpen in meinem Mund herunterzuschlucken. »Die sind grauenhaft.«

Mist. Sobald ich seinen verletzten Gesichtsausdruck sehe, bemerke ich, ich hätte taktvoller sein sollen. Aber ganz im Ernst: es sind die schlechtesten Pfannkuchen die ich in meinem ganzen Leben gegessen habe.

»Es tut mir leid.« Er nimmt demonstrativ ein Stück Pfannkuchen in den Mund und beginnt zu kauen. »Ich habe mich ganz genau an den Algorithmus gehalten.« Sein Gesichtsausdruck verändert sich nicht; falls er das Problem schmecken kann, zeigt er es zumindest nicht.

»Sie heißen Rezepte, nicht Algorithmen.« Ich schiebe den Teller zu ihm. »Und ich bin sicher, dass darin auch Butter und Salz vorkamen, die Zutaten, die Essen lecker machen — Zutaten, die in diesen pfannkuchenartigen Dingern nicht enthalten sind.«

»Kartoffeln, Erdäpfel ... Rezepte sind Algorithmen.« Er spießt einen weiteren Pfannkuchen auf seine Gabel. »Und Salz und Butter sind sowieso nicht gut für dich.«

»Eine Menge guter Dinge sind schlecht für einen.« Ich nehme mir den kleinen Kuchen, den er für mich gekauft hat und lege ihn auf meinen Teller. »Es ist ein lustiger Zufall, dass du gerade Kartoffeln erwähnst. Hast du welche in die Pfannkuchen getan? Sie haben diesen Nachgeschmack —«

»Ich bin doch kein Idiot, Mira«, erwidert er. »Würde ich Kartoffelpfannkuchen machen, würde ich sie Draniki nennen. Erinnerst du dich daran wie —«

Er muss diese Frage nicht beenden. Natürlich erinnere ich mich an Mamas Draniki. Eine Mischung aus Pfannkuchen und Kartoffelrösti. Sie waren die köstlichsten Dinger überhaupt — und ein Teil meiner Kindheit, den ich niemals wiederbekommen werde.

Ich unterbreche ihn indem ich demonstrativ die Kerze ausblase und ein Stück von dem Kuchen abbeiße. Dabei lasse ich ein »Mmmmmmm« verlauten, um deutlich zu machen wie lecker er ist.

Zuerst lächelt Eugene, aber dann wird sein Gesichtsausdruck düster. Diese Regung ist so intensiv und so unnatürlich für ihn, dass ich Angst bekomme. Da er gerade über meine Schulter hinweg schaut, hoffe ich, dass es keine dieser Spinnen mit den dicken Körpern ist.

»Was ist das?« Er deutet in genau diese Richtung.

»Was ist was?« Oh Mist. Vielleicht ist es eine dieser gigantischen Kakerlaken die im Abfallentsorgungssystem dieses Gebäudes leben. Oder einer ihrer Konkurrenten, eine Ratte.

»Das da.« Er steht auf und starrt mich an. »Der schwarz-blaue Handabdruck auf deinem Arm.«

Ich schaue auf meinen linken Bizeps. Scheiße. Es sieht so aus als habe Shkillet einen blauen Fleck dort hinterlassen wo er mich gestern festgehalten hat.

»Das ist nichts.« Ich ziehe meinen Ärmel nach unten — als ob das viel helfen würde. »Mach dir darüber keine Gedanken.«

»Das ist nicht nichts?« Sein Gesichtsausdruck wird noch düsterer. »Für wie dumm hältst du mich eigentlich?«

»Möchtest du wirklich eine Antwort darauf hören?« Ich beiße von meinem Kuchen ab und bereue es augenblicklich. Ich weiß, wie dieses Gespräch weitergehen wird und der köstliche Kuchen schmeckt auf einmal wie Pappe.

»Ich habe dich letzte Nacht gehört, als du nach Hause gekommen bist.« Er lehnt sich langsam zurück. »Du hast es wieder getan. Du hast wieder Zeit mit diesen Monstern verbracht.«

»Beruhige dich.« Ich wische mir die Kuchenkrümel von den Fingern.

»Wie soll ich mich denn beruhigen können?« Er legt seine Handflächen auf den Tisch und will sich gerade hochstemmen, als ich seinen Arm anfasse. Ich kann seine Anspannung fühlen während er mich anschreit: »Du kommst mit blauen Flecken nach Hause und sagst mir, ich solle mir deswegen keine Sorgen machen? Es ist meine Aufgabe dich zu beschützen und du bist dabei dich umbringen zu lassen!«

»Bitte schrei nicht so laut«, presse ich zwischen zusammengebissenen Zähnen hervor. »Es ist nicht dein Drecksjob mich zu beschützen.«

»Wie kannst du nur so dumm sein —«

Mir reicht es. Ich schnappe mir den Teller vom Tisch und schmeiße ihn Richtung Herd.

Eugene sieht ihm völlig entsetzt dabei zu wie er zerspringt, auch wenn es nicht das erste Mal ist, dass ich während eines Wutanfalls Dinge werfe. Allein in den letzten zwei Jahren war er über hundertmal Zeuge meiner Ausbrüche.

»Mira, ich —«, beginnt er.

»Halt den Mund.« Ich stelle mich hin.

»Warte, Miroschka. Ehrlich, es tut mir leid —«

Den Rest höre ich nicht mehr, weil ich in mein Zimmer stürme und die Tür hinter mir zuschlage. Dann drehe ich die Musik laut auf und beginne damit Klamotten in eine Tasche zu schleudern: etwas für die Freizeit, ein Fitnessoutfit und, auf eine Eingebung hin, ein hübsches Kleid, das ich mir vor Monaten nach einigen fetten Pokergewinnen gegönnt habe. Ich schmeiße auch einige Schuhpaare dazu. Ich möchte sichergehen alles zu haben, was ich brauche um heute auf keinen Fall mehr hierher zurückkommen zu müssen — sollte ich das tun, müsste ich mich mit einem schmollenden Eugene auseinandersetzen.

»Ich bin nicht wütend«, sage ich als ich die Tür wieder öffne. »Ich muss einfach nur raus aus diesem Apartment.«

»Geh nicht, Miroschka —«

»Danke für die Geburtstagsglückwünsche.« Ich hänge mir die Tasche über die Schulter. »Das meine ich ernst. Das war lieb von dir.«

»Gern geschehen.« Er massiert sich seinen Nasenrücken. Eugene kennt mich gut genug um zu wissen, dass es jetzt gerade keinen Ausweg aus dieser Situation gibt.

Und trotzdem fühle ich mich wie das größte Arschloch der ganzen Welt als ich das Haus verlasse.

* * *

Yoga Kurse helfen ein wenig. Ein hübscher Junge der meinen Po in der Yogahose betrachtet hilft ein wenig mehr. Nach dem Fitnessstudio gehe ich zu meinem Lieblings-Sushirestaurant. Nach Sushi und heißer Sake fühle ich mich fast wieder wie eine normale Person.

Fast so als sei es mein Geburtstag wert gefeiert zu werden.

Ich bin fest entschlossen mich für so lange wie möglich normal zu fühlen und mache deshalb einen langen Spaziergang an der Strandpromenade von Brighton Beach. Ich versuche mich auf das schöne Wetter zu konzentrieren, aber meine Gedanken kommen immer wieder zu meinen Nachforschungen zurück, was dieser Tage ständig der Fall ist.

Sie haben gesagt, dass der Tod meiner Eltern ein Anschlag unter Mitgliedern der Mafia war. Eugene hat die Polizeibeamten gelesen, die den Fall untersucht haben. Sobald die Polizei herausbekommen hatte, dass die russische Mafia involviert war, wurden die Ermittlungen schnell abgeschlossen. Aber mein Vater hatte niemals der russischen Mafia angehört. Genau wie Eugene war er ein Wissenschaftler gewesen. Das ganze hatte keinen Sinn ergeben bis Eugene mir noch etwas verriet, das er in den Erinnerungen der Ermittler entdeckt hatte: Spuren von Strippenziehern.

Strippenzieher sind der andere Teil der Menschen, die in die Gedankendimension eindringen können. Sie sind wie wir — nur dass sie die Gedanken der Menschen kontrollieren anstatt sie zu lesen. Sie hassen uns genauso sehr wie wir sie. Es ist keine große Überraschung, dass diese Arschlöcher etwas damit zu tun haben, besonders deshalb, weil unser Vater Nachforschungen über unsere Fähigkeiten angestellt hat.

Sobald ich das alles erfahren hatte, wusste ich, dass ich die Nachforschungen selbst in die Hand nehmen musste. Mein Bruder ehrt die Erinnerungen an meine Eltern dadurch, dass er sich auf die Forschungen meines Vaters konzentriert, aber ich mache es anders. Ich jage stattdessen ihre Mörder und das macht meinen Bruder verrückt. Aber was soll's. Ich bin kein kleines Mädchen mehr. Seit heute bin ich sogar offiziell erwachsen — auch wenn ich mich schon lange nicht mehr wie ein Kind gefühlt habe.

Ich bin entschlossen, mich wieder in meine Geburtstagsstimmung zu begeben und gehe ins Kino. Ich wähle eine romantische Komödie und genieße dieses unglaubliche Fantasieprodukt. Schriftsteller kreieren diese leichten und luftigen Sachen die genauso sind wie ein Märchen. Im echten Leben — zumindest in meinem echten Leben — sind Menschen selbstzerstörerische, gewalttätige Lügner die betrügen und stehlen so lange sie damit durchkommen. Außerhalb der Mafia pflegen sie ihr zivilisiertes Äußeres, aber als Leser weiß ich, welche Gedanken sich hinter ihren freundlichen Gesichtern verstecken. Innerhalb der Mafia müssen sie sich noch nicht einmal verstecken. Die Kriminellen sind auf eine bestimmte Art und Weise die Ehrlichsten. Aber einige der Dinge die ich in Victors Klub und anderen ähnlichen Orten lese sind so verdorben, dass sie einfach nur verstörend sind. Manchmal kann ich nach diesen kurzen „Lesungen" wochenlang nicht schlafen.

Ich schüttele meinen Kopf. Ich muss wieder auf positivere Gedanken kommen.

Ich kaufe mir ein Eis bevor ich das Kino verlasse. Nichts macht bessere Laune als Eiscreme.

Danach beschließe ich das Abendessen wegfallen zu lassen. Stattdessen ziehe ich mich auf der Toilette des Kinos um. Ich schlüpfe in das atemberaubende Kleid, schminke mich auch gleich passend dazu und tausche meine Schuhe gegen ein Paar High Heels. Es ist an der Zeit Spaß zu haben und ein wenig um die Häuser zu ziehen. Warum auch nicht? Es ist immer noch mein verdammter Geburtstag.

* * *

»Bist du Russin?«, versucht mich ein Typ in einem Klub zu fragen. Zumindest glaube ich das durch die dröhnende Musik herauszuhören.

»Da«, schreie ich und nicke im Takt.

»Möchtest du etwas trinken?«, will er auf Russisch von mir wissen. Ich nehme zumindest an, dass er das fragt, weil ich das russische Wort für trinken heraushöre und er außerdem seine Hand Richtung Mund führt, was generell die Geste für ein Getränk ist. Und nicht zu vergessen: er zeigt auf die Bar.

Ich schaue mir den Typen an. Groß und breite Schultern. Er sieht wie einer der Männer aus, die ich mögen würde, wäre ich normal geblieben. Da ich versuche heute Nacht normal zu sein, lasse ich mir einen Grey Goose mit Red Bull ausgeben, mein Getränk für lange Partynächte.

Ich liebe diese von Russen geführten Klubs, selbst wenn der Eigentümer manchmal der Mafia angehört. Die Wodkaauswahl ist immer top, die DJs mischen hervorragend, die Musik ist generell sehr nach meinem Geschmack und der Barmann würde niemals nach einem Ausweis fragen. Selbstverständlich besitze ich einen gefälschten, aber ich werde lieber nicht danach gefragt. Außerdem würden sie dich hier niemals mit diesem Ich-weiß-dein-Ausweis-ist-gefälscht-aber-es-ist-mir-egal-kleines-Mädchen-Blick anschauen.

Während ich mein Getränk konsumiere stellt sich der Typ vor und macht mir einige Komplimente. Ich kann allerdings nur Bruchstücke verstehen. Schließlich beuge ich mich zu ihm hinüber und schreie ihm ins Ohr: »Ich kann dich kaum hören!«

»Hast du Lust zu tanzen?« Er beugt sich nach unten um in mein Ohr zu schreien und endlich verstehe ich, was er sagt.

»Definitiv.« Ich möchte gerade seinen Namen hinzufügen als mir auffällt, dass ich mich gar nicht an ihn erinnere. So viel zum Thema Peinlichkeiten. Jetzt kann ich ihn schlecht danach fragen. Ich könnte natürlich jederzeit schnell splitten und seine Brieftasche nach einem Ausweis durchsuchen. Vielleicht später.

Er ist ein toller Tänzer und hat ein Rhythmusgefühl, das ich bis jetzt leider noch nie bei einem Mann gesehen habe. Was ihm außerdem nicht fehlt ist glücklicherweise die Bereitschaft weiterzugehen. Nach einem oder zwei Liedern und leicht angetrunken denke ich allerdings, dass er noch nicht willig genug ist. Ich nehme seine Hände und lege sie auf meinen Po. Da er ein cleverer Kerl ist, versteht er meinen Hinweis und ab diesem Zeitpunkt haben wir entschieden mehr Körperkontakt. Er versucht es sogar mit dem Knabbern an meinen Ohrläppchen, was mir definitiv gefällt.

So tanzen wir mindestens weitere zehn Lieder. Meine Beine beginnen zu schmerzen und mein Kopf dreht sich. Ich fühle mich großartig. Ich fühle mich als ob ... naja, als habe ich Geburtstag.

Ein paar Lieder später reibe ich mich schon an ihm. Er mag das ganz offensichtlich — oder er hat eine Taschenlampe in seiner Hosentasche die ich vorher nicht bemerkt habe.

»Wollen wir gehen?«, fragt er mich ganz beiläufig.

»Gerne.« Ich reibe mich ein letztes Mal an ihm — falls es noch Missverständnisse über den restlichen

Verlauf der Nacht geben sollte. »Lass uns zu dir gehen.«

Er hält meine Hand während wir uns durch die Menge schieben und hält plötzlich an.

Er starrt auf die Brust eines riesigen Rausschmeißers.

»Raus«, knurrt der Mann. Allein seine Lungen müssen enorme Ausmaße haben; ich kann ihn trotz des ganzen Lärms hervorragend verstehen. »Sie bleibt hier.«

»Was ist das Problem?«, fragt der Typ.

»Hast du mich nicht gehört?« Der Rausschmeißer beginnt seine Ärmel hochzukrempeln — niemals ein gutes Zeichen. In einem russischen Nachtklub kann das ein tödliches Zeichen sein.

»Alles in Ordnung«, schreie ich meiner Begleitung zu. »Ich kenne diesen Mann.«

»Seid ihr zusammen?« Seine Lippen sind nur noch eine schmale Linie. »Warum hast du mir nicht gesagt, dass du mit jemandem zusammen bist?«

Ich zucke mit den Schultern und fasse seinen Ärger als Kompliment auf. Ich würde ihm liebend gern die Wahrheit sagen, aber was auch immer der Rausschmeißer vorhat, es gibt keinen Grund einen Unschuldigen in die Sache hineinzuziehen. Besonders dann nicht, wenn ich durch denjenigen eine schöne Zeit hatte.

Mein Kerl geht kopfschüttelnd weg.

»Nach oben«, bellt der Rausschmeißer. »Hier entlang.« Er führt mich die Treppe nach oben und zeigt auf eine geschlossene Tür mit einer getönten

Scheibe. Ich habe keine Möglichkeit zu sehen, wer darin auf mich wartet.

Verdammt. Ich hätte die Waffe nicht im Auto lassen sollen. Aber was soll's, denke ich und trete ein.

»Hallo«, begrüßt mich Victor während der Rausschmeißer die Tür für mich aufhält. »Wir müssen reden.«

Von allen Klubs deren Besitzer zwielichtige Gestalten sind, habe ich mir den schlimmsten ausgesucht.

Und dann bemerke ich, dass sich noch eine zweite Person in dem Raum befindet.

Ein Mann, von dem ich nicht gedacht hätte ihn je wiederzusehen, geschweige denn so bald.

Shkillet, dessen Gesicht durch die Verletzungen, die ich ihm zugefügt habe, grün und blau ist, wirft mir einen Blick zu der sagt: »Jetzt bist du tot, Schlampe.«

FÜNFTES KAPITEL

»Du hast einen fragwürdigen Geschmack was deinen Umgang betrifft, Victor.« Ich habe nicht vor sie denken zu lassen, sie hätten mich aus der Fassung gebracht. Lass sie niemals erkennen, dass du schwitzt — das ist ein Motto, nach dem ich lebe.

Shkillet bekommt ein rotes Gesicht und seine Hand bewegt sich Richtung Stiefel, bevor er sich wieder im Griff hat. »Sie versucht, deine Autorität zu missachten«, flüstert er Victor laut genug zu, um es mich hören zu lassen.

»Wenn ich deine Meinung hören möchte, lasse ich es dich wissen, Shkillet.« Victor erhebt sich aus seinem Stuhl während Shkillets rotes Gesicht erblasst. »Und was dich betrifft, meine liebreizende Freundin —« Victor nickt mit seinem Kopf in meine

Richtung, »— es gibt einen guten Grund dafür, weshalb er hier ist.«

»Und der wäre? Dass deine Toiletten wie geleckt aussehen müssen?« Ich blicke auf Shkillet und lasse mich durch die Androhungen in seinen Augen nicht einschüchtern.

»Du Schlampe.« Shkillets Finger zucken und wahrscheinlich jucken sie schon, weil sie das Messer endlich halten wollen. Ich weiß es, ich habe schon den gleichen Hass gespürt. Zum Glück entscheidet er sich dafür auf den Boden zu spucken anstatt zu versuchen mich zu erstechen.

»Du spuckst noch einmal auf meinen Boden und du wirst es auflecken, Shkillet. Hast du mich verstanden? Und sprich nicht mehr bis ich es dir sage.« Wenn Blicke töten könnten, hätte Victor Shkillet schon mehr als zehnmal umgebracht. »Habe ich mich klar ausgedrückt?«

Shkillet nickt und ich kann sehen, dass ihn diese Geste fast umbringt.

Victor starrt ihn an. »Sag es.«

Shkillet atmet aus. »Ich werde warten bis du mich aufforderst zu sprechen, Victor.« Es hört sich an als müssten diese Worte aus ihm herausgepresst werden.

»Nun.« Victor krempelt seine Ärmel nach unten. »Wie ich gesagt habe, es gibt einen Grund dafür, dass er hier ist. Es wurde eine Anschuldigung erhoben.«

»Eine Anschuldigung?« Ich versuche, mich nicht herausfordernd anzuhören — etwas, mit dem ich manchmal Schwierigkeiten habe.

»Unser gemeinsamer Bekannter hat mir beunruhigende Dinge über dich erzählt.« Victor lehnt sich mit verschränkten Armen gegen seinen Tisch. »Er behauptet, du seist ein Spion für die Polizei oder noch schlimmer selbst eine Polizistin.«

»Bitte?« Das habe ich nicht erwartet und habe deshalb weder etwas Cleveres noch etwas Dummes, das ich ihm entgegnen könnte. »Wovon sprichst du?«

»Er hat vorausgesehen, dass du es abstreiten würdest.« Victor hebt ein Schnapsglas von seinem Schreibtisch hoch und leert es in einem Zug. »Aber da seine Geschichte recht überzeugend ist, dachte ich, wir sollten uns mal unterhalten.«

Das ist übel. Sollte Victor das glauben, wäre ich so gut wie tot. Ich überlege zu splitten und ihn zu lesen um das herauszufinden, mache es aber nicht. Nach gestern ist meine Tiefe fast aufgebraucht, auch wenn ich durch die vierundzwanzig Stunden die seitdem vergangen sind wieder ein wenig mehr Zeit zur Verfügung haben sollte. Aber trotzdem, wenn ich es übertreibe werde ich inert sein und viele Tage lang überhaupt nicht splitten können.

»Ich bin keine Polizistin.« Ich bin gerade dabei meine Arme vor meiner Brust zu verschränken als mir auffällt, dass das eine typische Geste der Verteidigung ist. Also fahre ich mir stattdessen mit den Fingern durch die Haare. »Das ist eine lächerliche Anschuldigung die sich nur diese syphilitische Masse seines Hirns hätte ausdenken können —«

»Suka.« Shkillet faucht diese russische Beleidigung geradezu.

»Ich dachte ich hätte dich angewiesen deinen Mund zu halten.« Victor richtet einen seiner Finger bedrohend Richtung Shkillet. »Das ist nicht lächerlich, meine Liebe. Er sagt Polizisten — deine Kollegen — hätten sein Gesicht so zugerichtet.«

»Das waren keine Polizisten. Das war ich.«

»Ich war noch nicht fertig.« Jetzt zeigt Victors bedrohlicher Finger auf mich. »Was ich dir gerade erzählt habe war nur ein Teil des Puzzles. Nach dem Spiel gestern habe ich mich ein wenig umgehört.«

»Und?«, frage ich weil ich die Richtung, in die dieses Gespräch geht, nicht mag.

»Und du hast eine Tendenz ... Wie soll ich das jetzt nett formulieren? Du stellst im Bett eigenartige Fragen.«

Shkillet schnaubt und ich versuche nicht zu erröten. Es stimmt, dass ich mit einigen der Verbrecher geschlafen habe. Keine wirklich schlimmen Kriminellen, aber definitiv böse Jungs. Allerdings habe ich das nicht nur getan, um Informationen zu bekommen. Ich fand sie anziehend — auch wenn ich nicht weiß, ob es das jetzt besser oder schlimmer macht. Und ja, ich habe nach Experten für Explosionen gefragt, wenn sich ein günstiger Moment ergeben hat, selbst wenn es genau der Moment danach war ... Schließlich ist es ja der Moment, in dem die meisten Männer am aufgeschlossensten sind.

»Ich interessiere mich einfach für bestimmte Dinge.« Ich zucke mit den Schultern. »Vielleicht suche ich jemanden, der einen Auftrag für mich ausführen kann. Um eine offene Rechnung zu begleichen. Aber das macht mich noch lange nicht zu einer Polizistin.«

Victor schaut mich an. Ich erwidere seinen Blick. Ich bin fest entschlossen, keine Schwäche zu zeigen. Und gerade jetzt habe ich ziemlich weiche Knie. Ich weiß nicht, was Victor in seinem sprichwörtlichen Ärmel hat und ich weiß nicht, worauf er gerade hinaus möchte. Ich bin besser wenn ich alle Informationen besitze.

»Es gibt da auch noch diesen Punkt mit deinem Namen. Du behauptest, er sei Ilona, aber wir beide wissen, dass du auch Mira, Yulia und eine Menge weiterer benutzt.«

Mist. Wie hat er das herausbekommen? Ich dachte ich hätte meine Spuren gut verwischt. Eigentlich habe ich meinen Namen für meinen Bruder geändert. Die Theorie dahinter ist, dass wenn ein Strippenzieher hinter dem Tod meines Vaters steckt, mein Bruder wahrscheinlich der nächste Todeskandidat ist. Das kann ich Victor allerdings nicht sagen.

»Ich gewinne große Geldbeträge.« Ich denke sehr angestrengt und sehr schnell, etwas, das ich mittlerweile sehr gut beherrsche. »Nicht nur hier sondern auch auf legalen Turnieren. Das kannst du dir von deinen Männern in Vegas bestätigen lassen.

Unter diesen Umständen ist es ganz normal, dass ich möglichst anonym bleiben möchte.«

»Das kann ich verstehen. Bis zu einem gewissen Punkt.« Victor nimmt eine große Flasche Wodka zur Hand und schenkt sich erneut sein Glas voll. »Aber du musst zugeben, dass das Bild welches sich ergibt nicht gut aussieht.«

»Da bin ich anderer Meinung.« Ich verlagere mein Gewicht von einem Fuß auf den anderen. »Ich wäre der schlechteste, auffälligste geheime Ermittler in der Geschichte der verdeckten Ermittlungen. Ich meine, normalerweise bin ich die einzige Frau die spielt. Das alleine macht mich zu einem bunten Huhn.«

»Damit hat sie Recht.« Victor winkt mit seinem Wodkaglas in Shkillets Richtung. »Auch wenn ich eine hübschere Metapher verwenden würde um sie zu beschreiben.«

»Warum hörst du ihr überhaupt zu?«, fragt Shkillet frustriert. »Sie würde dir alles Mögliche erzählen um diesen Raum unversehrt zu verlassen.«

»Weil hier mehr vor sich geht.« Viktor leert sein Glas. »Und ich finde dieses „mehr“ höchst interessant.«

»Dann lass sie mich zum Reden bringen.« Shkillet zieht sein Messer heraus und seine Hand zittert schon fast voller Vorfreude. »Nach zwei Minuten wird sie zugeben, dass sie eine Polizistin ist, genauso wie ich es sage.«

»Wir reden gleich noch darüber, dass du eine Waffe in dieses Etablissement geschmuggelt hast.«

Victor wirft ihm einen wütenden Blick zu. »Zuerst möchte ich etwas klarstellen. Ich stelle die Fragen. Ich benötige deine Hilfe nicht. Ich bin gut darin Menschen einzuschätzen und ich weiß, dass sie etwas verheimlicht. Aber ich denke ebenfalls, dass du mir nicht alles erzählst.«

»Er verheimlicht dir definitiv einige Dinge«, werfe ich ein. Ich bin entschlossen das Ganze eskalieren zu lassen.

»Ist das so?« Victor hebt seine Augenbrauen an, so als könnte ich auf keinen Fall wissen, wovon ich spreche. »Was würde er wagen vor mir geheim zu halten?«

»Die Tatsache, dass ich sein Gesicht so zugerichtet habe, wie ich vorhin versucht habe dir zu erklären«, sage ich. »Und das ist nur der Anfang.«

»Das ist eine Lüge.« Shkillets Fingerknöchel färben sich weiß, so fest umklammert er sein Messer. »Das waren die Polizisten.«

»Außerdem verschweigt er die Tatsache, dass er sich dir gegenüber respektlos verhält.« Ich ignoriere Shkillet Widerspruch. »Er spricht hinter deinem Rücken über dich.«

»Bevor du fortfährst, meine liebe Ilona —« Viktor hält seine Hand nach oben, »solltest du wissen, dass ich haltlose Anschuldigungen nicht einfach hinnehme.«

»Haltlose Anschuldigungen wie die, dass ich eine Polizistin sei?« Ich schaue Victor mit verengten Augen an. »Wie wäre es hiermit? Er sagt, er hätte deine Mätresse gefickt. Wobei ich denke, dass er sie eher vergewaltigt hat, da Frauen die klaren —«

»Wovon zum Teufel redest du?«, knurrt Shkillet, verstummt aber sobald er zu Victor schaut.

Ich kann verstehen warum. Victors Gesichtsausdruck verdüstert sich und es ist beängstigend das zu sehen, besonders da er höchstwahrscheinlich auf mich und nicht auf Shkillet wütend ist.

Ohne ein Wort zu sagen, greift Victor in seinen Schreibtisch und holt eine Waffe hervor, die er mit einem lauten Klicken von Metall auf Glas auf der Tischplatte ablegt. »Ich denke du hast mich nicht verstanden als ich gesagt habe, ich würde solchen Mist nicht auf die leichte Schulter nehmen.

»Doch, ich habe dich verstanden. Aber hat er das auch?« Ich zeige auf Shkillet.

»Du bist eine Polizistin«, schreit Shkillet. »Und du kannst Gift darauf nehmen, dass ich nicht mal in der Nähe von Victors Frau war.«

»Ach wirklich nicht?«, entgegne ich. »Woher würde ich wissen, dass sie Vera heißt, wenn nicht von dir?«

»Du bist eine Polizistin.« Shkillet bewegt sein Messer nervös von einer Hand in die andere.

»Und was ist mit der Tatsache, dass sie auf dem Rücken eine Tätowierung mit einer Maria hat, die das Jesusbaby hält? Die Tätowierung mit einem Gesicht, auf das du abspritzen wolltest?«, frage ich. »Weiß ich das alles, weil ich eine Polizistin bin? Weil du das meinen „Kollegen" erzählt hast, als sie dich zusammengeschlagen haben? Und was ist mit deiner Behauptung, dass sie einen muskulösen Rücken mit Vertiefungen und einen Leberfleck auf ihrer rechten Schulter hat? Willst du behaupten, dass das ein anderer beschissener Vergewaltiger war, der das weitererzählt hat?«

Victors Gesicht ist das furchterregendste das ich seit langer Zeit gesehen habe. Shkillet sieht es und er sieht auch, dass Victor nach seiner Waffe greift. Er dreht komplett durch und geht mit dem Messer auf mich los.

Jetzt splitte ich — wenn ich tot bin nützt mir die verbliebene Tiefe auch nichts mehr.

In der Gedankendimension gehe ich zu Shkillet um ihn zu lesen und mir sein Vorhaben bestätigen zu lassen. Wie ich vermutet habe weiß er, dass er ein toter Mann ist und will sichergehen, mich mit sich zu reißen.

Scheiße. Ich habe es bei ihm übertrieben. Ich hätte nicht gedacht, dass er die Kamikaze-Variante wählt. Zumindest sieht es dadurch so aus, als hätte ich die Wahrheit gesagt und das bedeutet, dass Victor ihn nicht nur töten, sondern das Ganze auch noch langsam machen wird. Und trotzdem, falls Shkillet mich vorher umbringt, wird sein eigenes Schicksal mir nur ein kleiner Trost sein.

Ich schaue zu Victor. Er ist immer noch wütend, aber gleichzeitig verwirrt. Er hatte das ebenfalls nicht von Shkillet erwartet. Genauso wie ich hatte er wahrscheinlich nicht gedacht, dass dieser Mann die Nerven dafür habe.

Ich betrachte den Weg den Shkillets Körper und das Messer eingeschlagen haben. Ich versuche mir den Fortlauf der Bewegung vorzustellen, und zwar in die Richtung, in der mein eingefrorenes Ich sich befindet. Ich weiß, was ich zu tun habe.

Leicht ermutigt verlasse ich die Gedankendimension.

Sobald ich mein Bewusstsein und meinen Körper wiedererlangt habe, drehe ich mich weg und trete zur Seite. Ich hoffe ich habe mich nicht verrechnet.

Shkillets Messer rauscht einen Zentimeter an meinem Hals vorbei durch die Luft.

Zum Glück habe ich mich nicht verrechnet.

Shkillet hält abrupt inne und seine Knopfaugen sind vor Schreck weit aufgerissen. Er kann nicht glauben, dass er mich nicht erwischt hat.

Ich kann die Andeutung einer Bewegung sehen und splitte erneut.

Scheiße. Er hat sich zu schnell wieder im Griff gehabt. Er ist gerade dabei mich erneut anzugreifen. Wenn ich nichts unternehme, wird er mir diesmal mit dem Messer den Bauch aufschlitzen.

Ich schaue zu Victor. In den wenigen Augenblicken die vergangen sind, hat er seine Pistole in die Hand genommen. Aber selbst sollte Victor nicht auf mich sondern auf meinen Gegner schießen wollen, wird er zu lange brauchen um diese Handlung auszuführen. Und ich rede nicht einmal von der Zeit die die Kugel brauchen würde um Shkillet zu treffen.

Selbst wenn er abfeuern würde, könnte man nicht mit Sicherheit sagen, ob er nicht die falsche Person treffen würde — also mich — so nahe wie ich bei Shkillet stehe. Ich spiele kurz mit dem Gedanken Victor zu lesen um herauszufinden, auf wen er zielt. Allerdings habe ich keinerlei Tiefe mehr, die ich mit einer Frage verschwenden könnte, die nichts zur Lösung meiner derzeitigen Lage beiträgt. Ich komme also zurück.

Noch bevor mein Geist sich vollständig mit meinem Körper verbunden hat, arbeite ich mental einen Bewegungsablauf aus, der am Besten als Hula-Hoop Move beschrieben werden kann. Ich lasse ihn immer wieder in meinem Kopf ablaufen um sicherzugehen, dass er das erste und einzige ist, was mein Körper tun wird sobald ich wieder vollständig zurückgekehrt bin. Mein Körper bewegt sich wie geplant, aber nicht schnell genug, wie ich an dem brennenden Schmerz in meiner Taille bemerke.

Ein Schmerz, der mich umgehend erneut splitten lässt.

Bitte, ich will mich jetzt nicht sterben sehen. Ich drehe mich herum um meinen eingefrorenen Körper in der Gedankendimension zu betrachten.

Ich habe Glück. Auch wenn mein Hula-Hoop-Move nicht perfekt war, bin ich dem Messer doch größtenteils ausgewichen. Shkillet hat mich nur an der Seite erwischt. Und jetzt ist er überrascht.

Ich komme zurück und trete Shkillet mit einer gelungenen Drehung in die Hoden. Das ist eine Bewegung die ich schon viele Male ausgeführt habe, seit ich meine Ermittlungen begonnen habe. Nichts kann einen Mann so schnell aufhalten wie ein Treffer an diesem empfindlichen Ort, und keiner der Männer hatte es jemals mehr verdient als Shkillet.

Als mein Fuß ihn trifft, kreischt Shkillet laut auf und fasst nach seinen verletzten Kronjuwelen. Ich erinnere mich an Victors halbvolle Wodkaflasche und greife nach ihr, um sie Shkillet auf den Kopf zu schlagen. Bevor ich das tun kann ertönt einen Schuss.

Im Raum wird es still und mein Herz fühlt sich an als würde es jeden Moment aus meinem Brustkorb springen.

Ich splitte automatisch und schaue mich um. Mein echter Körper sieht nicht so aus als sei auf ihn geschossen worden. Es fließt noch mehr Blut aus der Wunde die Shkillets Messer mir zugefügt hat, aber das ist alles. Als ich auf Victors Waffe schaue, kann ich nicht sagen worauf er gezielt hat, da die Luft um den Lauf voller Rauch ist.

Sobald ich mich allerdings zu Shkillet umdrehe, sehe ich, dass gerade die Hälfte seines Schädels durch die Luft fliegt. In ihrem eingefrorenen Zustand ist sie voller Blut und Gehirnmasse. Dahin hat Victor also gezielt. Eine weitere Kugel schwebt auf halben Weg Richtung Shkillets Brust.

Ich atme erleichtert aus und beschließe einige weitere kostbare Momente meiner Tiefe dazu zu benutzen, herauszufinden, was Victor vorhat. Falls er plant, mich zu erschießen, möchte ich es wissen, auch wenn ich nicht viel tun kann, um ihn aufzuhalten. Andererseits kann ich die Wodkaflasche auf ihn schleudern — ein letzter Versuch bevor ich gehen muss.

In Victors Kopf erlebe ich eine Mischung aus Wut, Bewunderung und Verwirrung. Da es unmöglich ist mit Sicherheit vorherzusagen was er tun wird, verlasse ich die Gedankendimension und bereite mich auf das vor, was mich gleich erwarten könnte.

Victor schaut auf Shkillets blutigen Körper, danach auf mich. Einen kurzen Moment lang, in dem mein Herz auszusetzen droht, richtet er seine Waffe auf mich, bevor er sie sinken lässt.

Einer der Rausschmeißer kommt in das Zimmer gestürmt. »Was zum Teufel ist los, Boss? Dein Glas ist nicht so schallisoliert. Wenn wir es draußen gehört haben, hätte es jeder auf der Tanzfläche mitbekommen können.«

»Hier muss dezent gereinigt werden.« Victor legt seine Waffe auf den Tisch. »Und was den Lärm betrifft, weis den DJ an, sich eine Entschuldigung einfallen zu lassen. Irgendeinen technischen Fehler. Er soll gleichzeitig ankündigen, dass ab sofort an der Bar eine halbe Stunde lang kostenlos Getränke ausgeschenkt werden.«

»Verstanden.« Der Rausschmeißer atmet hörbar aus und lockert seine Schultern während er hinausgeht. »Das wird funktionieren, besonders der zweite Teil.«

»Ich weiß nicht so genau was gerade passiert ist«, sagt Victor als der Rausschmeißer fort ist. »Was du über Vera gesagt hast war korrekt und nur eine Person, die sie nackt gesehen hat, könnte solche Dinge wissen. Aber irgendetwas daran stört mich, weil ich kaum glauben kann, dass er es wagen würde.« Victor deutet auf Shkillets Überreste und schüttelt seinen Kopf. »Trotzdem habe ich den Dreckskerl heute Nacht unterschätzt. Das sollte auf seinem Grabstein stehen: „Shkillet der Unterschätzte".«

»Eher „Shkillet der unterschätzte Vergewaltiger".« Ich bewege die Leiche mit meinem Fuß.

»Über diesen Teil weiß ich nichts.« Victor streckt seine Hand nach der Flasche aus, die ich immer noch in meiner Hand halte.

»Glaube was du willst.« Ich reiche ihm die Flasche. »Frag herum. Er war ein Vergewaltiger.«

»Aber hat er sich auch an Vera vergangen?« Victor runzelt seine Stirn. »Damit habe ich ein Problem. Hätte sie es mir nicht gesagt?«

»Vielleicht hat sie sich geschämt? Das ist bei vielen Vergewaltigungsopfern der Fall. Alles was ich dazu sagen kann ist, dass selbst wenn er es nicht getan haben sollte, er es zumindest behauptet hat. Aber er hat auch behauptet, ich sei eine Polizistin.«

»Und das bist du nicht?« Victor kippt das Schnapsglas hinunter. »Du hast dich wie ein Soldat der Spetsnaz bewegt als er dich angegriffen hat. Es war —«

»Ich habe gute Reflexe.« Ich muss seine Gedanken von dem ablenken, was er glaubt gesehen zu haben.

»Das ist alles. Das macht mich noch lange nicht zu einem Polizisten.«

»Aber es macht dich in diesem Fall zu einem Mittäter.« Er deutet auf Shkillet. »Was mich aber eigentlich beschäftigt: Falls er gelogen und sie nicht gefickt haben sollte, woher wusste er dann, was sie auf ihrem Rücken hat?«

»Das werden wir ihn jetzt wohl nicht mehr fragen können.« Ich zucke mit den Schultern. »Vielleicht war er ein Spanner? Das wäre nichts Ungewöhnliches für einen Vergewaltiger.«

»Vielleicht.« Er blickt mich misstrauisch an. »Oder vielleicht bist du einer? Hast du mich gestern dabei beobachtet, wie ich sie genommen habe? Hast du uns beobachtet und das was du gesehen hast dazu benutzt, ihn als respektlos hinzustellen?«

»Das hättest du wohl gerne. Das ist eine deiner voyeuristischen Fantasien. Würdest du nicht deine Tür schließen und einen der Rausschmeißer davor positionieren während du Sex hast?«

Victor seufzt und fährt sich mit den Fingern durch seine Haare. »Mit dir zu reden ist genauso frustrierend wie sich mit Nadia zu unterhalten. Du bist eine zu gute Lügnerin — wahrscheinlich hilft dir das auch beim Pokern.«

Ich zucke mit den Schultern und gebe vor nicht zu wissen, dass er über seine Tochter spricht.

»Also.« Victor atmet hörbar aus. »Die Tatsache, dass er dich angegriffen hat, könnte bedeuten, dass du Recht hast. Vielleicht wusste er, dass er einen langsamen Tod haben würde, falls er nicht auf dich losgegangen wäre.«

»Du traust ihm zu viel zu. Er ist nicht so clever — nur verrückt.« Ich lege meinen Zeigefinger auf die Schläfe, um meine Aussage, er sei verrückt, mit einer Geste zu untermauern.

Victor lacht auf aber hält abrupt inne und blickt mich eindringlich an.

Ich fühle mich von seinem Blick durchbohrt und ich kann das Pochen meiner Wunde nicht länger ignorieren. Der Adrenalinrausch ist vorbei und es tut schweineweh.

»Du blutest.« Er runzelt seine Stirn.

»Es ist nichts.« Ich will ihm keine Befriedigung verschaffen indem ich Schwäche zeige. »Aber vielen Dank für deine Sorge.«

»Wie auch immer dein Name ist, ich möchte diese Unterhaltung an einem anderen Tag fortsetzen.«

Toll. Genau das, was mir noch gefehlt hat. Das spreche ich natürlich nicht laut aus.

»Bis dahin«, fährt er fort, »werde ich alle wissen lassen, dass du unter meinem Schutz stehst. Du musst dir also in Zukunft keine Sorgen mehr um solchen Abschaum wie Shkillet machen.«

Ich bin sprachlos. Das hatte ich nicht von ihm erwartet. Das ist das dritte Mal heute, dass ich überrascht werde. Ich sollte wirklich mehr lesen, wenn ich solche unerwarteten Situationen vermeiden möchte. Leider ist das wegen meiner limitierten Tiefe recht schwierig.

»Hier ist meine Karte.« Er reicht sie mir als würde es sich dabei um eine normale Visitenkarte handeln. »Ruf mich an wenn du irgendetwas brauchst.«

Ich nehme die Karte. Danach geht er zur Tür und lässt die Rausschmeißer eintreten.

»Bring sie ins Krankenhaus«, sagt Victor zu dem riesigen Kerl, der mich vorhin hierher gebracht hat. »Die Rechnung geht auf mich.« Nachdem der Mann zustimmend genickt hat, schaut er mich an. »Ich werde dich später besuchen kommen, Ilona.«

Taub vor Schock lasse ich mich durch den Klub führen. Von dem Typen mit dem ich vorhin getanzt habe, ist keine Spur zu entdecken. Was soll's. Er wäre ja sowieso nicht mehr als ein One-Night-Stand gewesen. Ich bin realistisch. In meinem Leben ist kein Platz für eine Beziehung.

* * *

Zusammengeflickt und hundemüde nehme ich ein Taxi vom Krankenhaus zu meinem Auto.

Als ich die Straßen an mir vorbeiziehen sehe, gehen mir eine Million Gedanken durch den Kopf. Sie kämpfen gegeneinander, aber derjenige von ihnen, dem meine größte Aufmerksamkeit zuteil wird, ist der, dass ich hier weg muss. Weg aus Brooklyn, weg von diesen Kriminellen, weg von diesem ganzen Scheiß. Ich muss die Dinge hier erst einmal sacken lassen.

Das ist eine clevere Idee, aber wie soll ich das anstellen? Wohin sollte ich gehen?

Ideen formen sich und zerplatzen. Sollte ich mal wieder nach Vegas gehen? Nein, dafür bräuchte ich einen neuen Satz Ausweise, da sie in der Stadt hinter mir her sind. Monte Carlo ist noch nicht in greifbarer Nähe; meine gefälschten Papiere sind nicht gut genug, um mit ihnen nach Europa zu reisen.

Als ich nach Hause komme und wieder in mein Zimmer schleiche wird mir klar, dass es einen anderen Ort gibt, an den ich gehen könnte. Er ist naheliegender und trotzdem ist er kein heißes Pflaster für mich, auch wenn er nicht allzu weit von hier entfernt ist.

Als ich ins Bett gehe, habe ich meinen neuen Plan ausgearbeitet. Ich werde mich ein paar Nächte lang ausruhen, warten bis meine Fäden gezogen werden, mich mit Eugene aussöhnen und dann in den Bus nach Atlantic City steigen.

Hat sich jemand schon einmal so sehr über eine Reise nach New Jersey gefreut? Ich weiß es nicht und es ist mir auch egal. Meine Welt dreht sich nur noch um mein weiches Kopfkissen und ich gebe mich einem erholsamen und wohlverdienten Schlaf hin.

VOM AUTOR

Ich danke Ihnen, dass Sie Zeitstopper gelesen haben. Wenn Sie Lust bekommen haben mehr über Mira zu erfahren, schauen Sie sich *Die Gedankenleser* (das erste Buch der Gedankendimensionen) an. Es wird aus Darrens Blickwinkel erzählt, einem jungen Mann den Mira auf ihrem Ausflug nach Atlantic City trifft.

Falls Sie epische Fantasy mögen, könnte Sie die Serie *Der Zaubercode* interessieren. Sie ist bei den meisten Händlern erhältlich.

Falls Sie sich auch für Erotik interessieren und gerne Scifi-Romane lesen, sollten Sie sich keineswegs die *Krinar-Chroniken* entgehen lassen, ein Gemeinschaftswerk mit Anna Zaires, meiner Ehefrau.

Um immer über meine Neuerscheinungen informiert zu werden, tragen Sie sich bitte für meinen Newsletter ein

http://www.dimazales.com/deutsch.html.

Sollte Ihnen dieser Kurzroman gefallen habe, würde ich mich natürlich sehr darüber freuen, wenn sie eine Kritik hinterlassen oder ihn Ihren Freunden und Bekannten gegenüber erwähnen würden.

Diese und weitere Informationen über mich und meine Arbeit finden Sie auf:
http://www.dimazales.com/deutsch.html